まだある
グリムの怖い話

「グリム・ドイツ伝説集」を読む

金成陽一［著］

東京堂出版

はじめに――グリム兄弟の遺した伝説集と童話について

この本を手に取ってくださった皆さんの中で、グリム兄弟の名を知らぬ方はいないだろう。この兄弟のまとめた『グリム童話集』には、「白雪姫」や「赤ずきん」、そして「灰かぶり」といった、今も読み継がれる有名な話も多い。幼い頃、一度くらいはこれらの物語に触れた思い出は、きっと誰にもあるだろう。

しかし、今回ご紹介する、同じグリム兄弟の編纂した『グリム・ドイツ伝説集』をよく知っているというのは、おそらくほんの一部の方々のみではないだろうか。

『グリム童話集』も『グリム・ドイツ伝説集』も、どちらもドイツの人々に語り継がれてきた、いわゆる「口承文芸」である。ただし、『童話集』が話を面白くするために弟ヴィルヘルムによって何度も手を加えられ、決定版である第七版までにはかなりの修正が為されたのに比べ、『伝説集』はどこまでも言い伝えに「忠実」であることが旨とされた。「伝説」には民衆の真実が息づいていると、グリム兄弟は考えたのである。

伝説はあくまで場所や時代、そして人物を特定していくし、書かれていることがある程度信じられなければ意味を成さない。そのため、兄弟は「やせた伝説を太らせようとする」ことを極力控え、言い伝えそのものの持つ不思議さや面白さこそを、そこに浮かび上がらせようとしたのである。

その意味では、ほぼハッピーエンドを鉄則とする収集童話に較べると、伝説は悲劇になる場合もあるし、事実のみをただ淡々と伝えている場合もあり、物語性という点では物足りなさを感じる読者もいるかもしれない。だが、特定の土地や出来事をめぐるある種の伝説は、ストーリーの面白さがないからこそ、それを知ることによってより深い理解と洞察を得ることができるとも言えるのではないか。

しかし実際には、童話と伝説の明確な境界線など存在するはずもない。これらは互いに交じり合いながら、遥かな昔の出来事を我々に伝えようとしているのである。その意味ではどちらも「数ある神の賜物のうちでも人の心を慰め、これに活気を与えること最も大なるもの」（グリム兄弟）と言うことが出来るだろう。

兄弟は伝説を配列するに当たって、「土地に結びついたもの」（第一巻）と「歴史に結びついたもの」（第二巻）とを区別して各一冊ずつを本にまとめている。いずれにも興味深い話がたくさん入っているけれど、特に第二巻の歴史に結びついた伝説からは、登場してくる王や英雄たちが当時、あるいは後世の人々に、如何に魅力的で偉大な存在であったかがよく伝わってくる。その人物に対する人々の憧れ、または哀れみや懐かしさが、時を経るにつれて様々な願望と期待が入り混じって、勝手に一つの理想的人物像が形成されてしまうのは十分にありうることだろう。

また、今回私は『グリム・ドイツ伝説集』を読むにあたって、いくつかの作品を特に柳田国男《やなぎたくにお》『遠野物語《とおのものがたり》』と比較してみた。柳田が日本の昔話を集めだした動機はグリム兄弟による影響が大きく、彼もまた、今収集しなければ貴重な話は散逸してしまうといった危機感を抱いていたのである。『遠野物語』は伝説と昔話、そして（当時起こった）不思議な話等々を織り交ぜた魅力的な小品であり、桑原武夫はこれを「一個の優れた文学書」と呼び、三島由紀夫もいくつかの作品を絶賛している（『小説とは何か』）。

『グリム・ドイツ伝説集』と『遠野物語』は時代も場所も大きく違っているにもかかわらず、あまりに良く似た雰囲気を持つものが多いことに驚かされるのは、おそらく私だけではないだろう。

テキストは Brüder Grimm: Deutsche Sagen: 1956 Winkler Verlag, München を用いた。全て拙訳である。しかし、比較的長い話は前半を省略している場合もあるので、全体を知りたい方は、一九八七年に人文書院より出版された『グリムドイツ伝説集』（上）（下）（桜沢正勝・鍛治哲郎訳）を是非御参照願いたい。この本の格調高い文体には大いに啓発され、ここに御礼申し上げる次第である。

さて、それでは、『グリム・ドイツ伝説集』の世界に、どうぞ足を踏み入れてほしい。

怖い話、奇妙な話、理不尽な話、悲しくも笑える話……。

そうしたさまざまな伝説のなかに、当時のドイツの人々の、そして現代を生きる私たちの抱える闇や恐怖、不安や不満、そして希望や夢が、きっと浮かび上がってくるのではないだろうか。

目次

まだあるグリムの怖い話

——「グリム・ドイツ伝説集」を読む——

3 罪と罰の物語

4　王の裁き

まだあるグリムの怖い話

―「グリム・ドイツ伝説集」を読む―

家の壁・馬の首がしゃべり出す（ザクセン）

1　魔女と妖魔と聖女の伝説

湖

緑色の歯を持つ水の精の伝説

＊人と交わる異界の住人たち

グリム兄弟が編纂した『ドイツ伝説集』には、妖精、妖魔、悪魔、魔女といった異界の存在が数多く登場する。彼らは人間界のすぐそばに棲《す》んでいて、ときどき姿をあらわしはするものの、仲の良い存在とは言いがたく、ときに人間を攻撃したり無理やり異界へと誘ったりする恐ろしい侵入者である。

ご存知の通り、昔、日本の川には河童が棲むという伝説があった。同様に、ドイツでもやはり水中には、水の精が棲んでいると言い伝えられている。こうした伝承の共通点は、人と水との切っても切れない関係と無縁ではないだろう。

古今東西、水辺に暮らしその恩恵を受けていた者たちは、その一方で水害や水死といった脅威にもさらされてきた。水は人々の暮らしに不可欠なものであると同時に、ひどく恐ろしい底知れぬ暗黒をも内包していたのである。そうした畏怖の念こそが、「水の精」伝説の生まれる元となったのであろう。

山や森に棲む妖魔についても、同じことが言えるだろう。森は暮らしのために必要な食料や木材を与えてくれる存在であるだけでなく、そこに引き込まれ、二度と戻らぬ者もいる「暗い森」なのである。


ここではまず、水の精（Nix もしくは Wassermann）の話から読み始めよう。

ライバッハ川に住む水の精は人々によくその姿をさらしたので、近所の人は誰でも水の精が水から這い上がって人間と変らない姿で動くさまをよく知っていたという。

51 水の精と踊る

一五四七年七月最初の日曜日、ライバッハの昔からの風習に従って近隣の全ての人々が、美しい菩提樹が明るい影を投げかけていた古い広場にある泉のそばで集会を開いていた。みんなは楽隊の演奏を聞きながら、隣人同士親しくかつ楽しく食事をした後、ダンスを始めた。

しばらくすると、立派に着飾ったルックスの良い若者が、すぐにもダンスに参加したいとでもいうように歩み寄ってきた。彼は集会にいた全ての人々に丁寧に挨拶し、皆に愛想良く握手を求めた。その手はしかしとても柔らかく氷のように冷たくて、触れた人は皆一種奇妙な戦慄を覚えたのである。その後、若者は綺麗に着飾っていた美しい少女をダンスに誘った。ウルズラ・シェーフェリンという名のその娘は、ぴちぴちして生意気で向こう見ずであった。彼女は彼のダンスにも見事についていき、どんな愉快な仕草にもうまく対応した。

二人はしばらくの間互いに激しく踊った後、皆が腕を組んで輪舞をしていた広場から離れていった。あの菩提樹のところからジティヒ館の方へ向かい、その側を通ってライバッハ川まで来ると、多くの船乗りたちのいる前で若者は彼女と共に川に飛び込み、みんなの目の前から消えてしまったのである。

この菩提樹は、老齢のために切り倒されねばならなくなった一六三八年まで残っていた。

この伝説を読む限り、「立派に着飾ったルックスの良い若者」が、果たして本当に水の精であったのかどうかの確証はどこにもない。彼の手が柔かく氷のように冷たかったから、きっと水の精であるに違いないと村人たちが勝手に思い込んだだけのような印象も受けるが、どちらにせよこのハンサムな若者もまた、この世ならぬ異界からの侵入者ではあったのだろう。

若者はウルズラ・シェーフェリンという娘と踊り、最後には一緒に水に飛び込んでしまった、という。つまり人々の目の前で二人の若者が入水《じゅすい》自殺したという訳である。娘の名シェーフェリン(Schäferin)は本来女羊飼いの意で、男ならシェーファー(Schäfer)である。よく田園詩に出てくる羊飼いは(特に一目惚れをする)朴訥《ぼくとつ》な恋人の象徴だから、ここに登場するシェーフェリンという娘も、これが本名であったかどうかは大いに疑わしい。

誘ったのは男の方か女の方か、あるいはダンスでトランス状態になっていた二人が、その時の勢いで一気に水に飛び込んでしまったのかはわからない。そもそも腕を組み合わせたダンスとは天と地を結ぶ鎖のシンボルであり、同時に男女の結合を促す宇宙的な婚姻なのである(1)。

とにかく、若者の手が冷たく柔らかかったのと、素性のわからぬまま女と水に飛び込んでしまったことを証拠として、彼が水の精であったというこの伝説は成立した。そして一六三八年まで立っていたという菩提樹の存在が、更に話の信憑性を高める役割を果たしているのである。

人間と同じように、水の精にも男と女がいるらしい。

次にご紹介するのは女の水妖（水の精）を殺そうとした小僧が復讐された話である。

64　水の精と粉屋の小僧

粉屋の小僧が二人、とある川岸を歩いていた。一人がたまたま川を見ると、女の水の精が水の上に坐って髪を梳かしていた。小僧は銃をつかんで撃とうと構えたのだが、精は川の中へ飛び込んで手で合図を送ると姿を消してしまった。これら全てはもう一人の小僧が気づかぬほど、あっという間の出来事であった。先に歩いていたその小僧は、後ろから来た仲間から聞くまでそれについて何も見ていなかったし何も知らなかったのだ。

その三日後、水の精を撃とうとした小僧は泳いで溺れ死んでしまった。

ギリシャ神話で美少年ヘルマプロディトス（Herma-phroditus）に激しく求愛する水の精サルマキスも女性であった。美少年に愛を拒まれた彼女は、うっかり泉で泳いでいた彼を強引に水底へと引きずり込んでしまう。

サルマキスはヘルマプロディトスにしっかり抱きつき、永遠に一体になりたいと神々に祈った。願いは聞きいれられて、二人の肉体は一つとなり、女性の体つきに乳房と男根を備えた両性具有の姿になった。(2)

グリム童話「池に住む水の精」（Die Nixe im Teich: KHM181）で、青年を水の中に引き込んでいく水の精の性格も、このサルマキスによく似ている。

水は全ての生命を生み出す物質ではあるが、人間はその中に全身を浸し続ければ窒息死してしまう。その意味で水は、生と死の両方を司る物質なのである。時に創造的であり時に破壊的である水を、古代の人々が擬人化したり、その中に何かしら未知の力や霊が含まれていると考えたことも容易に想像がつく。

日本の場合には、その姿が河童や龍、蛇といった水神となっていった。特に河童は我々にとって妖怪の中でも一番人気のある存在であろう。伝えられる外見は地方によって少しずつ異なっているとはいえ、おかっぱ頭に水をたたえた皿を載せ、水かきを持った両棲類である点は共通しており、多くの日本人の知るところだろう。

＊死者の魂と暮らす水の精

水の精の外見は普通の人と変わらない。ただ歯を剥き出すと、緑色の歯が見えるところが違っている。被っている帽子も緑色である。

さて、昔、湖近くに住んでいた農夫と親しくなった水の精は、彼を自宅に招いた。

52　水の精と農夫

水の精は農夫をいたるところあちこち案内し、全てを見せた。最後に彼らは一つの小部屋へとやってきた。そこでは沢山の新しい小さな壺が逆さまに、つまり開口部を床に向けて置かれていた。農夫は水の精に、それは一体何かと尋ねた。

「溺死した者たちの魂ですよ。私はこれらの魂を小さな壺の中に保管して、こっそり逃げ出すことができないよう捕らえておくのです」

農夫は沈黙し、その後再び陸へと戻って来た。

しかし溺死者の魂のことは長いこと彼を不愉快にさせたのである。そこで農夫は水の精がいつか外出する機会を窺《うかが》っていた。その時が来ると農夫は良く覚えていた道を辿って水底の家に行き、とうとうあの小部屋を見つけたのだ。中へ入って彼が次から次へと壺を逆さまにすると、溺れた者たちの魂はすぐに上へ向かい，水の中から出て高い所へと昇っていって、救われたのであった。

ドイツ人にとって緑は魔法の色であり、魔女には緑の血液が流れているといわれている。だから、水の精が緑色の歯を持ち、緑色の帽子を被っているのも、彼らが人間とは一線を隔した存在であることを暗示させるためだろう。

以前、私は『グリム童話のなかの怖い話』でミヒャエル・エンデの『はてしない物語』の本の装丁について次のように書いた。この本は（ドイツ語版、日本語版どちらも）緑色とあずき色の二色で印刷されていた。

主人公の少年がいる現実世界はあずき色、そして幻想の国ファンタジエンは緑色の活字で、これもつまりあずき色は人間の血液を象徴するこの世の色、そして緑は魔法の色という暗黙の了解を視覚的に表現したものだろう。

緑と象徴的な交換関係にあるのは赤で、例えば深い緑の森を行く幼い赤ずきんの姿は、人々に鮮烈な印象を残してきたし、緑の葉の中に深紅の花を咲かせる薔薇も一際目立つことだろう。

緑は水を、赤は火を象徴する色でもある。原初の水の目覚め、そして生命の目覚めも緑色で、それは清めの水の色だ。

一方で、生の緑のように死の緑があるという考え方もあり、その伝で行けば、緑は命と同様に死をもたらすものなのである。「ここでシンボルの価値評価が逆転するのだが、春の芽生えの緑色に、かびの腐敗の緑色が対立することになるからである[3]」。

水の精の館が水底にあることは、例えば日本ならば、さしずめ龍宮城や鬼が島といった異界の象徴と捉えれば理解し易いであろう。むしろここでよくわからないのは、水の精が一体如何なる理由で溺死者たちの魂を壺の中に閉じ込めていたのかということだ。

日本の河童は人間は勿論のこと、牛馬でさえ水中に引っ張り込んで肛門に手を入れ、尻玉を抜いたり生き血を吸ったと伝えられている。というより、古来、人が溺れると、それはたいてい河童のせいとされたのである。「河童に引かれる」という言い回しが、そのことをよく表している。

ドイツの水の精も、河童と同じように人を湖に引きずり込んだりしたのだろうか。テキストを読む限り、魂を閉じ込められた溺死者たちが水の精に殺されたのかどうかは判然としない。

男の子が昆虫を集めたり切手を収集したり、女の子がぬいぐるみを集めたりするのと同じレベルで、水の精は溺死者の魂をコレクションしていたのだろうか。

あるいは、水の精は、水の底でのひとり暮らしが淋しくて、物言わぬ魂にでも囲まれていたかったのかもしれない。

そう考えると、農夫に裏切られた水の精がちょっと哀れだ。

ところで水の精は若い娘のリボンに何故か大いに興味があるらしく、わざわざ水から出てその長さを計り、「新しいリボンを娘に投げつける」といわれている。

かつてドイツでは、悪霊の力を消すために、男は魔除けの意味で帽子にリボンを付け、一方「女の子が愛する男の帽子のリボンをこっそり盗って、靴下どめにすると、愛のお守りとなる(4)」と信じられてもいた。逆に、男たちが女の靴下止めを帽子のリボンに使ったりすることもあったそうである。

＊異界に棲み、子を喰う者たち

次に、静かだが悪夢のような残酷な伝説をお読みいただこう。

この話を読むと、私はすぐに『遠野物語』七を思い出す。というのはどちらの作品にも、生まれてきた赤子をすぐ食ってしまう夫が出てくるのがよく似ているからだ。伝説集にはこれに類似した話がいくつか載っている。

49 水の精

一六三〇年頃、ザールフェルト近くのブロイリーブの教区で老婆が話したこと。産婆であった彼女の母親に実際起こったことだと言う。

ある夜、この産婆のところに一人の男が、「陣痛を起こしている女のところにお願いしたい」とやって来る。男は産婆に目隠しをし、怖がる彼女をなだめて、「この方が一緒についてきても怖くない」と言う。産婆は目で見えなくとも、男が水を鞭打つのや、自分たちがどんどん深いところへ沈んでいくのがよくわかった。ある小部屋に着くと身重の女がいて、他には誰もいなかった。男は産婆の目隠しを取り、彼女に引き合わせると部屋を出て行った。産婆が無事に子供を取り上げて、必要な処置を施していると、感謝した女は産婆に次のような秘密を教えたのである。

「私はあなたと同じキリスト教徒なのです。水の精によってある人と入れ替わりにさらわれてしまいました。私が子供を産んでも、毎回彼は三日目に食べてしまうのです。まあ、三日目におたくの池に行ってごらんなさい。水の色が血で赤く変わるのが見えるでしょう。私の夫がすぐに入ってきてあなたにお金をあげると言っても、普段受け取っているより多くを要求なさいますな。さもないと彼は、あなたの首の前後の向きを変えてしまいますよ。本当にご注意なさいね」

話しているうちに男が戻ってきて産婆の腕前をほめ、大金を机の上に置くと、「ここからいいだけお取りなさい」と言う。「いつも皆さんからいただいている分で結構です。多すぎると言うなら何もいりません。家までお送り下さい」と産婆は答え、水の精は「まるで神様に教えてもらったような返事だね」と言いつつ金を払って、家まで送ってくれた。

産婆は、女に言われた日に池を見に行くのは止めにした。怖かったからである。

この話にまるで悪い夢を見ているような印象を受けるのは、きっと私だけではないだろう。池は古代の諸宗教では常に女性を表す象徴であり、しばしば地下の子宮への水路と見なされたが、この子宮は北欧では太母ヘル（Hel）と関係があった。Hel という語から holy（聖なる）と healing（病を癒す）が派生したのである。[5] ヘル（Hel）はホレ（Holle）であり、その水は「地上のすべての子の源」と呼ばれているから、こんなこともグリム童話で「ホレおばさん」（Frau Holle: KHM24）と呼ばれるドイツの魔女たちが、水底に住んでいた理由に繋がっているのかもしれない。

尚、この話は、伝説集の中の６５「水妖に効き目のある（しそ科の）マヨラナときんぎょ草」、６８「アルヴェンスレーベンの御婦人」、６９「ハーンの御婦人と水妖」そして３０５「ケレ湖の水妖」とよく似ているのだが、どちらがどちらに影響を与えたものかは、グリムが最後に付した出典（Quellen）を見ても定かではない。

先ほど少し触れた『遠野物語』七のあらすじをご紹介しておこう。（以下、『遠野物語』の紹介はすべて筆者による要約である。）

七　ある娘が山に栗拾いに行ったまま長いこと戻らなかったので、家の者はもう死んだものと思っていた。ところが二、三年後、村の猟師が山の中で、偶然にもこの娘に出会ったのである。びっくりしている猟師に娘は、「恐ろしい人にさらわれて、逃げられなかったのです。背が高く目の鋭いその人の子を何人か産んだけれど、自分に似ていないからと、みな食ってしまうのか殺してしまうのか、どこかへ持って行ってしまいました」と説明した。

こんな風にしているうちにも男が戻ってくるかもしれないと言うので、猟師は怖くなってすぐに帰ってきたということだ。

二つの作品は、『ドイツ伝説集』が水の精、『遠野物語』は異人的なものといった人間以外の存在に女が攫われ、生まれてきた子供がどちらも食われてしまうらしいといった点が共通している。そして事件もドイツは水底、日本は山の中で、やはり我々の日常世界から乖離《かいり》した場所で起きている

遠野にて

のだ。

山は「天と地が出会う場」で、昔の人間にとって上昇することの出来る限界、そして神々や様々な霊が住むところであった。日本でも山姥や鬼婆が住む山は、得体の知れぬ魔的存在の住処と思われていたのである。

一方、水に住む日本人に御馴染みの妖怪といえば河童であろう。『遠野物語』にも「河童駒引き譚」をはじめとして、河童に関する話がいくつか載っている。しかし、『ドイツ伝説集』に登場する水の精の外見はまるで人間と同じだというのだから、どこか愛嬌のある河童とはだいぶ違っているようだ。

島国であるせいか、日本人にとって海や湖は山と較べると魑《ち》魅《み》魍魎《もうりょう》もおらず、龍宮城に代表される蓬莱の夢の島、琉球諸島の海の彼方にある神の住むニライカナイを連想させ、概して印象がいいようだ。水は生命の源であり、あらゆるものを浄化し再生するから、水の中に沈むという記述は根源への回帰を表し、新たな力を汲み取るための方法であるとも解釈できる。

水底に住むホレおばさんが、善良な人々に力を与えていたというのも、こうしたことの分かり易い象徴であったのではないだろうか。

＊化け物が産ませた子

405 テオデリントと海の化け物

ある日、アギルルフ王（在位五九〇—六一五年）の奥方テオデリントが元気を回復しようとして、海岸に近い緑の草地を花を摘みながら散策していると、突然ぞっとするような海の化け物が陸に上がってきた。毛深く、ぎらぎら赤い眼差しをした化け物はかよわい王妃を摑まえると、思いを遂げたのであった。だが、近くで鹿狩りをしていた一人の貴族の殿が、王妃の哀れな悲鳴を聞きつけて素早く馬を走らせた。海の化け物は彼が向かって来るのを見るや否や、王妃を放して、海の中へと飛び込んでしまった。貴族はテオデリントを城まで護衛して行った。

それからというもの、王妃は落ち込み気が滅入ってしまったのだが、自分の身に起こったことを誰にも打ち明けはしなかったのである。この後、彼女は一人の子供を産んだ。子供はその父と同じように色黒く毛深くて、赤い目をしていた。アギルルフ王は内心では、そのような息子が生まれてきたのに驚いていたのだが、それでも息子を注意深く養育させたのである。

子供は成長すると、悪賢く陰険で、手で他の子供たちの目を摑み出したり、彼らの腕や脚をへし折ったりして、誰もが彼の前ではいまいましい悪魔から身を守るようにしていたのである。この子は更に成長すると婦人や娘たちを陵辱し、男たちを殺した。そこで高貴なる王は腹を立て、口頭で注意しようとしたのだが、しかし息子は抵抗して自分の父親にすら殴りかかってきたのである。すんでのところで父親を殺してしまうほどの勢いであった。

この時から彼は、王とその本当の息子の命を狙い出した。この悪魔は決して私の息子ではあり得ないと考えた王は、実の息子に注意を促した。この化け物が更にもっと殺人を犯す前に、奴と戦って倒してしまおうと。その戦いで化け物は多くの勇者を殺し、父親と息子に深手を負わせた。広間に血が滴り、母親すらも弓矢を取って戦いに加わり、ついに化け物は沢山の矢に当たって床に倒れたのであった。

化け物が死んで横たわると、王はテオデリントに言った。

「断じてこれは余の息子ではないぞ。誰の子であるのか素直に申せ。されば、すべてを許そうぞ」

王妃は恩寵を請うて言った。何年も前、海岸を歩いていると、身の毛もよだつ海の化け物がこちらへ飛び跳ねてきて、力づくで手篭めにされてしまいました。そのことは、自分を城まで護衛してくれたある貴族の殿が証言してくれるかもしれませんと。呼ばれてやって来たこの貴族は、彼が王妃の悲鳴を聞いて駆けつけ、そして海の化け物が逃げ去ったのを見たのは真実であると証言した。

王が言った。

「今、余は仕返しができるように、そ奴がまだ生きているかどうかを知りたい。そこでお前には再び同じ場所に横たわって、奴が現れるのを待っていて欲しいのだ」

「仰せの通りにいたします」

と王妃はきっぱりと返事をしたのだった。「たとえこの身に何が起こりましょうとも」

そこで王妃は優美に着飾って、波打際へと行ったのである。

王と息子は武器を持って茂みの中に隠れていた。

程なく、海の化け物が波の中から飛び出して、横たわる王妃のところへ走り寄ってきた。次の瞬間、化け物は逃げることも叶わずに、王と息子に襲われたのだ。王妃は剣を摑むと、それで怪獣の身体を突き通した。こうして化け物は、死を持って償いをしたのである。

みんなは神を讃え、大喜びで城へ戻ったのであった。

妃テオデリントは海岸を散策中、突然現れた海の化け物（Meer Wunder）に犯され、やがてその子を産んだのだという。しかし、どうもこの話は奇妙で、素直には信じ難い。すぐに思いつくのは、王家に相応しくない凶暴な息子に手こずった王が、子供を抹殺した後に作り出した都合のいい言い訳であるとか、浮気した妃を世間の目から守るため、でっち上げた作り話といったところか。

女を犯したり、正当な理由もなく人殺しをする男など、たとえ実の子であったとしても、王たる者の家系には好ましくない。出来の悪い息子を殺してしまう合理的理由付けとして、海の化け物といった架空の存在は何としても必要だったのではないか。もしそうだとしたら、実の両親や兄弟によってたかって殺されてしまう王子は、さぞや無念であったろう。

ところで『遠野物語』五五には、やはり一種の妖怪である河童によって子を孕《はら》んだ女の話が載っている。簡単にその内容を記してみよう。

五五　猿ヶ石川には河童が多く住み、松崎村の川端の家では、二代続けて河童の子を産んだ者がいた。生まれてきた醜怪な子は斬り刻んで一升樽に入れ、土に埋めてしまったという。女の夫は夕方畑から帰る際に、女川の汀でニコニコ笑っている河童を見た。次の日には昼に見たのだが、そのうち妻の所へ村の某という者が毎夜やってくるという噂が立ってしまった。最初のうちは主人が浜へ行ったりしている留守中のみだったのに、後には妻と寝ている夜にさえ来るようになった。河童だとの評判が高くなり、一族が集まって守ろうとしても効果なく、ついには主人の母が女の側に寝ることになった。しかし母は、深夜に女の笑い声を聞いて「来たな」と

カッパ渕（遠野）

思ったものの、身動きが出来ずどうしようもなかった。生まれた子の手には水掻きがあった。その女の母もまた、昔、河童の子を産んだことがあったということだ。この家も○○という士族で、村会議員を出したこともある。

士族をしたほどの豪家で、家系から浮気をした女、あるいは犯された女が産んだ素性の分からない醜い子が出るのを極端に嫌ったであろうことは、よく理解できる。斬り刻まれて一升樽に入れられた子は、この『ドイツ伝説集』の中で親に殺された王子同様何とも哀れである。二代続けて淫乱な女が出た恥ずべき事実は、名門の一族であればあるほど隠しておきたかったことには違いない。悪いのは決して女の方ではなく、無理矢理関係を持った架空の存在なのだ。

こうして悪事の全てを河童や海の化け物のせいにしてしまえば、たとえ少々疑念は残ったとしても周りはうまく収まるし、名門の世間体も保てるという訳である。

昔、私の同僚のM氏がネパールのある小さな村で数ヶ月間様々な社会学的調査を行ったことがあった。その後M氏は帰国し、そして二、三年後新たな調査のために再びその村を訪れてみると、氏が驚いたことには、「M氏の子供である」という幼児が何人かいたのである。

「なかなかご活躍じゃないか」と私がからかうと、「いや、全く身に覚えはないよ」とM氏は真顔で言うのだった。つまりはこの小さな村で異人であったM氏が、まさしく『遠野物語』の河童と同じ役割を演じさせられたということだろう。父親のわからない私生児が、実はあの(評判の良い)日本人の子だったなら、恐らくそれに文句をつける人はほとんどいなかったのではないか。しかも当の学者先生は既に遥かな日本に帰国した後なのだから、一部の村人にはとても好都合だったに違いない。

『遠野物語』には、女の側に寝た聟の母が、「さては来てありと知りながら身動きもかなはず」と書かれているけれど、余程気丈な女でなければ深夜やって来た見知らぬ男に抵抗するなど、身体が竦《すく》んでしまって不可能だったのではあるまいか。そもそも彼女は、やって来た者の正体を見てはいないのだ。だから、現れたのが河童だったという証拠など、本当はどこにも見当たらないのである。

ハワイの神話には、やはり美しい乙女カレイが、浜辺で鮫の王カモホアリに見初められる話がある。王はわざと高波をおこして乙女を攫い、二人は夫婦となるのだが、やがて王は突然彼女の前から去ってしまう。その後、カレイは背中に鮫の口がついた男の子を産み、この子は成長すると水中で鮫に変身して、泳いでいる人たちを次々と食い殺してしまった。

しかしある時、偶然彼は背中についている鮫の口を見つけられ、捕まってしまう。

人々は大騒ぎをして、彼を縛り上げました。そしてウミ王の館にひっぱって行って、

「この間から、大勢の者が鮫に食われて困っていましたが、やっとその鮫が見つかりました。それはこれなるナナウエでございます」

と申し上げました。王は人々に命じて、この奇怪な人間鮫を焼き殺させることにしました。

やがて火が炎々と燃え上がりました。それをじっと見つめていたナナウエは、突然大きな声で、自分の父である鮫の王に助けを求めました。と、たちまち彼の体に素晴らしい力が湧いて来て、一振り体を振ったかと思うと、丈夫な縛の綱が、ぷつりと切れてしまいました。

「しめたっ、助かったぞ」

とナナウエは、自分を捕えようとして群がってきた戦士たちを突き飛ばしながら、ひたすら海端へと駆け続けました。そして一筋の川が海に注ぐ所へ来ると、わざと岩の上に突っ立って、追手の者どもが近づくのを待っていました。

追手はだんだんと近づいて来ました。そして真っ先に立った一人の戦士が腕を押して、あわ

や彼の体をつかもうとした一刹那、彼は身を躍らして、水の中に飛び込みました。と思うと、たちまち大きな鮫に変じて、今や岩の上に群がってきた追手の人々をからかうように、尻尾で水を叩いたり、腹を上にひっくり返ったりして見せました。

人々はナナウエを取り逃がしたことをたいへん口惜しがって、彼の母や親類などをひしひしと縛り上げて、ウミ王の前に引きずって来ました。人々は殺気だって、口々に、

「早く其奴らの首を切り落としてしまえ」

とか、

「ナナウエを焼き殺すために燃やしてある火の中に放り込むがいい」

とか叫び立てました。しかしウミ王は彼らよりも一層考え深いたちでしたので、ナナウエの母カレイに向かって、

「どうして、あんな恐ろしい子を産むことになったのじゃ」

と尋ねました。カレイは鮫の王カモホアリが若者に変じて自分に近づいたことを詳しく話しました。ウミ王は、カモホアリが偉大な海の神であることをよく知っていました。だから、

「もしナナウエの母や親類を殺すようなことがあったら、後の崇りが恐ろしい。それにナナウエも、自由に人間になったり鮫になったりすることが出来る以上、母や親類が殺されたと知ったら、どんなひどい災いをするかも分からぬ」

と考えて、ナナウエの母や親類を許してやったばかりでなく、またお坊さんたちに命じて、

鮫の王カモホアリにさまざまの供物を捧げさせました。

すると鮫の王が、お坊さんに乗り移って、その口をかりて、

「わしの子供が乱暴を働いて、大勢の者を殺したことは、まことに気の毒じゃ。わしはナナウエにいいつけて、永久にハワイの海辺から立ち去らせるつもりじゃ。もしナナウエがわしのいいつけに背いたら、わしの手下の鮫が見つけ次第に殺してしまうであろう」

といいました。

こうしてナナウエはハワイ島を去って他の島に行きました。しかしそこでまた鮫に変じては、人々を取って食べていましたので、とうとうその土地の神に殺されてしまいました[6]。

獰猛《どうもう》な性格は鮫の父からの遺伝なのかと思っていたのに、鮫の王カモホアリは思慮分別のある立派な海の神であった。

実の父にさえ見捨てられる乱暴者のナナウエが、自業自得とはいえ、どこか可哀想な気がするのは私だけだろうか。

魔女、そして聖女伝説

＊蛇に姿を変える美しき姫君

魔女と聖女というモチーフもまた、『グリム・ドイツ伝説集』の中の重要な要素である。ホレおばさんという名の魔女や、日本の山姥《やまんば》のような荒女《あらおんな》、そして魔女のイメージを反転させたかのような聖女までが、伝説の中でさまざまなメッセージを伝えている。

まずは、「聖女」の物語を読んでみよう。

482　聖女クニグント

皇帝ハインリッヒ二世（九七三―一〇二四年）と王妃クニグントは、二人とも死ぬまで穢《けが》れ無き身であった。ある時、悪魔がクニグントの名誉を汚そうとした。王妃とある大公とが良からぬ関係にあるとの噂が流れ、皇帝は彼女を咎めたのだ。それに対して王妃は己の正しさを申し出たがため、様々な所から司祭や君主たちがやって来た。燃え上がる七つの鉄鋤の水平刃が置かれ、王妃がその上を歩くことになった。彼女は神に両手を掲げて言った。

「神よ、きっとあなた様だけが私の無実を御存知でいらっしゃいます。この苦境から私を放免して下さい。あの善良なスザンナを無実の罪から救いましたように！」

王妃は、鋤の水平刃の上を勢いよく歩むと、こう言った。

「陛下、御覧下さい。私は陛下にも他の殿方全てにも罪はございません」

こうして王妃の濡れ衣は晴らされ、あらゆる名誉が回復されたのである。皇帝は彼女の足元に平伏し、他の殿方全てもそうしたのだ。

聖女クニグント（ハンベルク）

この聖女伝説は、恐らく奇跡が好まれるようになった十三、四世紀に成立したのではあるまいか。どこまでも神を信じて、清貧、貞潔、禁欲、そして肉食を断つ、等々を厳格に守り通していれば、生きたままでも聖なるものになれるという考えは、人々にとって大いなる救いであったに違いない。人々の聖なるものを求める欲求は、こうして聖人崇拝へと繋がっていくのである。

次に、聖女のような美しさを持ちながら、異形《いぎょう》のものに姿を変える恐ろしき美女の物語をご紹介する。伝説の舞台はボヘミアの山と森に囲まれた寂しい地方にあったシルトハイスの古城である。

25　魔法にかけられたシルトハイスの王

ある時、城の改修の際、棟梁《とうりょう》や職人が地下に多くの通路や酒蔵を見つける。一つの部屋では堂々とした王が宝石に身を包んで座り、その右には優しそうな姫がじっと王の頭を支えていた。王の頭は姫の手の中で憩《いこ》い、好奇心と獲物に飢えた棟梁たちが近づくと、姫は蛇に変身して口から火を吐くのであった。退散した棟梁たちが主君の騎士にこの出来事を話すと、彼はすぐに支度《したく》をして地下のその部屋の前に立った。

（騎士は中にいる）乙女の苦しげな溜息を聞いたのであった。

後になって、騎士は犬を連れて洞窟の中へと入っていった。そこでは炎と煙が充満し、騎士は少し後ずさりした。先を走っていた犬は行方不明になったものと思われた。炎が消え、騎士が改めて近づいていくと、乙女が傷ひとつない彼の犬を腕に抱いているのがわかった。そして壁には騎士を破滅させる脅しの文字が書かれていた。しかしそれにもかかわらず、あえて冒険をするという勇気が騎士を駆り立てた。そして彼は炎にのみ込まれてしまったのである。

人が近づくと蛇身に変わり口から火を吐く姫は、シルトハイスの古城を守る霊だったのではあるまいか。棟梁たちも「うまくしたら獲物を手に入れられる」といった下心でやってきたのだから、彼女がこうしたふとどき者たちから王と財宝を守ろうとしたとは十分に考えられる。

あらゆる動物の中で最も霊的とされ、炎のような性格を持ち、かつ長寿である蛇は、地下の宝の番人としては一番相応しい存在であっただろう。口から火を吐く蛇とは、その激しい性格を象徴させたものでもある。地下に住む動物の典型である蛇は、一般に蘇生《そせい》や生の持続などの秘密を知り尽くしているといわれている。

蛇身に驚いた棟梁たちが退散したところでこの伝説は終わってもいいはずなのに、しかし話は更に続いていく。

話を聞いた騎士がすぐ地下の部屋の前に行ってみると、中から姫の辛そうな溜息が聞こえたというのだから、この時つまり彼は中へ入らずに戻ってしまったのだろう。「婦人奉仕」は騎士の最も重要な役割の一つであるのに、炎を吐く恐ろしい蛇の話で姫に会うのを躊躇《ちゅうちょ》してしまった彼は、この時点で既に騎士の資格などないことがはっきりする。苦しげに吐息をもらす姫がいたのなら、何としても救い出そうと努力するのが騎士たる者の勤めではないか。

この時にはドアも開けず、早々に退散してしまった彼も、洞窟の中がどうなっているのかには大いに興味があったから、次に犬を連れて行くことにしたのだろう。中世において犬は忠実さと用心深さの象徴である。

しかし愚かな騎士は、またまた炎と煙におじけづいて犬に遅れをとってしまう。姫はもうこの時既に、騎士の勇気のなさを見限っていたのではあるまいか。だから彼女は犬を腕に抱いて、壁に警告の言葉を書いておいたのだ。もう、あなたになんか用はないという訳である。

ところが、この思慮に欠ける騎士は犬が無事だと分かると自分も安全と考え、やっと冒険を試みる決心をしたのだったが、時既に遅く、結局命を落とす羽目になってしまった。

この騎士は怖いもの知らずなどということはなく、むしろ優柔不断で弱虫な男だった。これが童話であれば、勇敢な騎士が捕らわれている姫を救い出してハッピーエンドとなるのだろうが、如何せん、伝説ではそううまくは事が運ばないようである。

別なレベルで、この話は何事もタイミングが大切であるとも伝えているのではあるまいか。つまり、自分には怖いものなどないと虚勢を張っていた悲しい男の話のようにも思えるのだ。彼は好きな女の威風堂々とした父親が怖くて使いの者を送るのだが、彼女によって激しく拒絶されてしまった。今度はペットを連れて女を懐柔しようとしたものの、犬だけが彼女になついて、依然として自分は受け入れてもらえない。それどころか、ストーカーまがいの彼に、女はもう自分に近寄るなといった脅しと警告すら発した。哀れな男はもうどうすることも出来ず、結局自暴自棄になる以外なかった。火は「禁じられた欲望」を表し、惨めな男はその炎に焼かれて悶えたというわけである。

＊子供をさらう魔女たち

次に見ていただくのは少し長い話である。ここには「荒女」という恐ろしげな女たちが登場する。この作品は四つの話が合わさって出来ている。まずはじめに、

(一) 一七五三年頃に荒女たちがいたという説明があり、
(二) 男の子を攫って行こうとする荒女についての記述、そして、
(三) 荒女が実際に男の子を連れて行ってしまった話。最後に、
(四) 長く美しい髪をした荒女についての教訓的な話へと繋がっていく。

荒女のドイツ語は die wilden Frauen。文字通り「荒々しい」、あるいは「野性的な」女の意味だが、彼女たちが日本の山姥のように人を捕まえて食うことはないようだ。ただ、伝説を読む限りその行動は限りなく山姥に似ている。

昔ウンタースベルクに荒女たちが住んでいたという短い説明だけの（一）は省略し、ここでは（二）から読んでいくことにしよう。

50　ウンタースベルクの荒女

ある農夫が馬の背に子供を乗せて畑を耕していると、山の中から来た荒女が力ずくでその子を攫《さら》って行った。父はひるむことなく、荒女の後を追って子供を取り返し、こう言った。「なんて厚かましいんだ。しばしばこちらへやって来て、その上今度は私の息子さえ奪い取ろうとするなんて。お前たちは息子をどうするつもりなのかね」

荒女たちは答えた。「息子さんは私たちのところで家にいるよりもっと良く面倒を見てもらえるのだし、私たちの所へ来る方がいいのよ。男の子は私たちをとても好きになるし、嫌なことなんて何もありはしないわ」。しかし父親は自分の息子を手放さなかった。荒女たちは苦しげに泣きながらその場を立ち去った。

馬の背に乗った男の子を無理やり連れ去ろうとする女の姿は、ゲーテのバラード「魔王」(Erlkönig) を彷彿とさせる。

ねえ可愛い坊や、僕と一緒においで

面白い遊びをしよう
岸辺には色とりどりの花が沢山咲いている
僕の母さんは金の着物を沢山持っている

魔王はこう言いながら猫なで声で子供に近づき、その命を奪っていく。真夜中、子供を馬に乗せて森を疾走していく父に魔王の姿はまるで見えないし、子供の絶叫も夜のための幻覚としか思えない。父は何度も「落ち着け、おとなしくしていなさい。あれは枯葉が風にザワザワ鳴っているのだ」(Sei ruhig, bleibe ruhig, mein Kind: In dürren Blättern säuselt der Wind.) となだめはするけれど、子供に迫り来る恐怖をまるで理解しようともしない。見方によってこの詩は、大人と子供の世界の決定的な断絶を謡っている。要するに、人間は大人になるにしたがって、徐々に子供の心を失っていくということだ。

しかし「魔王」のバラードとは違って、グレーディヒの農夫はひるむことなく荒女(山姥)たちから自分の子供を取り返した。「倅をどうしようというのか」という父の問いに対する彼女らの返答は、まさしく魔王が子供に近づいてきた時と同じようだ。

素敵な坊や、僕と一緒にきたくないかね?
僕の娘たちが　もう君を待っているよ

彼女たちは毎晩音頭をとって
君を揺すって寝かせてくれるし、
ダンスをするし、歌ってくれる

ここで父親が少しでも油断して甘い顔を見せたなら、荒女たちはきっとすぐに子供を連れ去ってしまっただろう。だが、この賢明な父は息子をしっかり摑んで離さなかった。

子供は助かって、女たちはさめざめと泣いた。何故、荒女たちがそんなにも苦しげ（bitterlich）に泣いたのか、その理由は本人たちに聞いてみなければ分からない。

（三）は、家畜の番をしていた男の子が荒女たちに連れ去られたという話である。

もう一度ウンタースベルクの荒女たちは近くのクーゲルミューレ（あるいはクーゲルシュタット）と呼ばれる小高い丘にやって来て、家畜の番をしていた男の子を連れ去った。誰もが良く知っていたこの少年を、一年後にようやく樵たちが見かけたのだ。少年は緑色の服を着て、山の切り株に坐っていたのである。

次の日、樵たちは山で男の子を探し出そうと、彼の両親を連れて行ったのだが、全ては無駄であった。もはや男の子が現れることはなかったのだ。

しかし、若干疑問を持ってしまうのは、荒女たちが本当に男の子を連れ去っていくところを目撃した人がいたのか、ということである。男の子がどこかに消えてしまったので、その犯人を短絡的に荒女たちに結び付けてしまったのではないのか。近代的科学捜査の技術などまだ発達していなかった時代、疑わしいだけである人を犯人と祭り上げてしまうのは簡単なことだったろう。

魔女裁判の嵐が吹き荒れた中世において、「世間の噂」だけで処刑されていった人は夥しい数にのぼる。記録に残るドイツでの最後の魔女裁判は、この話の伝えられた一七五三年より少し後の一七七五年だ。[7] そして一度魔女裁判にかけられてしまったなら、被告にはもう既に火あぶりの刑が確定したも同じで、その前にただ形式的に、答えようもない質問が用意されていたのである。

そのナンセンスな内容の一部は、

1　お前は魔女になってから、何年になるか。

2　魔女になった理由は何か。

9　魔女集会には、どんな悪魔と人間が出席したか。

23　箒の柄に塗った軟膏は何でできていたか。[8]

等々のひどいものであった。

こうした目茶苦茶な問いであっても、何の罪もない被告たちは、拷問によって否応なく全てに肯定の返答をさせられるのが普通だったのである。魔女は復活することのないように、全員燃やされたのである。

家畜を見張っていた男の子は、誰かに殺されてしまったのではないだろうか。昔、行方不明になった子供は日本だったなら、「神隠し」にあったとか、鬼や天狗に攫われたと言われたものだし、ヨーロッパでも多くの場合悪魔や魔女のせいにされたのだった。突然消えた、あるいは理不尽な殺され方をした子供が、伝説や昔話の主人公として語り伝えられてきたということはあり得るだろう。

一年後に何人かの樵が目撃した彼の姿は、亡霊のようなものではなかったのか。男の子が着てい

祭りのポールに魔女のデコレーション

た服の緑は、まさしく生と死を結びつける色であり、憂鬱を表す色でもある。また、彼が坐っていた切り株は、繁茂力のある生命を象徴する木が切られていることから、生の断絶を意味している。更に、木は三つの世界を結び付ける。すなわち、根は冥界に、幹は大地に、葉は天に所属しているのだが、切り株だけでは冥界と大地の部分だけで、天に属する葉がないことになる。(9)

(四)は教訓的な話だ。
一人の農夫が荒女の長い髪を何度も見ているうち、彼女に惚れ込んでしまった。長い髪は女の魅力の一つで、特にキリスト教では処女性を表す。
荒女に「妻はいないの?」と聞かれた農夫は、「いない」と嘘をつく。

この農夫の妻は、それにしても夫が夕方どこへ行って、夜はどこで寝ているのだろうとしきりに心配していた。そこで彼女は密かに夫の様子を窺って、野原で荒女のそばに寝ていた夫を見つけたのである。「神の御加護を」と彼女は荒女に語りかけた。「あなたの髪はなんて美しいのかしら。あなたたちそこで一緒に何をしてるの」こう言いながら農夫の妻は彼らの前から離れていった。農夫にはこの出来事がとてもショックだった。荒女は、農夫が下心を持って妻はいないといったことを咎めて言った。「もしあなたの奥さんが私をひどく憎んでいたり怒っているのがわかったなら、あなたはもはや無事にこの場所を出られなかったでしょうね。でも、奥さんは怒っていなかったのだから、これからは彼女を愛して一緒に誠実にお暮らしなさい。もう厚かましくやって来ちゃ駄目よ」（後略）

下心を持った男が女に「妻はいない」と嘘をつくのは、洋の東西を問わず、今も昔も同じとみえる。

夫の浮気というエピソードで思い出されるのは、こんな話である。

『今昔物語集』巻二八、第一部「舎人重方とその妻」という、祭りの日のユーモラスな笑い話だ。

好色な舎人・茨田重方《まったのしげかた》が伏見神社の祭りの際に、美しく着飾ってなまめかしく歩いてくる女に近寄り、口説き始める。

女は「れっきとした奥様をお持ちの方が行きずりの浮気心で仰せになることなど、どうして聞かれましょうか」と軽く受け流すが、重方は「たしかに私にはつまらぬ女房があるが、面は猿のようで気持ちは賤しい。いずれいい人がいれば、たたき出そうと思っている」と言う。

重方の女房を貶す愉快な話が続いた後、彼はいきなり頰を「山が響くばかりに」ひっぱたかれる。実は、口説いていた女は彼の妻だったのだ。

びっくりした重方が「お前は気でも狂ったか」と慌てて言うと、妻は、

「あなたこそ何です。どうしていやらしい浮気心を起こすのです。もうわかりました。その頰っぺたをぶち割って、往き来の人に見せて笑わせてやりたいくらい」と言い猛っている。

重方は笑顔を作って、懸命に妻をなだめすかし、最後にやっと家に帰る許しを得ることが出来たのであった。結局彼は仲間たちには馬鹿にされ、この間抜けな話があっという間に世間に広まったということである。(10)

さて、『ドイツ伝説集』で浮気をしようとした男が妻に現場を押さえられたのに、『今昔物語』の重方の場合のようにあまり深刻にならないのは、妻が夫をまるで疑っていないからだろう。男が夜、女と並んで寝ているのを見たというのに、この妻は鈍感なのか、あるいは自分の夫を心底信頼しきっていたのか、「ところで二人で何をしているの」なんて暢気《のんき》なことを言っている。荒女もこうしたまるで人を疑うことを知らぬ妻の態度には、流石に敵わないと思ったのかもしれない。

荒女とは、山姥のようなものであるが、不思議な魅力を持った魔女のようでもある。どちらにしろ、常ならざる魅力や力を持つ女性は異端視され、危険視されて迫害されたり異界に隔離されたりしたのであろう。

そうした異界との交流のひとつの形が、山姥や魔女といった物語として語り継がれているのかもしれない。

助け、罰する精霊たち――グレートマザーとしての魔女

＊家を守り仕事を手伝う家の精と「オクナイサマ」

ドイツでは、いくつかの町や村では、ほとんどの農夫、おかみさん、そして息子や娘たちでも、あらゆる家の仕事を片付けてくれる家の精（Kobold）を持っていると言われている。

家の精たちは、ある家に引っ越そうとする前に、ある試みを行うのだという。夜、おが屑をその家へ運び込み、様々な家畜の糞を牛乳瓶に入れておく。もしこの時、主がおが屑が散らばらないよう注意して、皆で糞の入った瓶から牛乳を飲むなら、家の精はその家の住人が一人でも生き残っているうちは家に留まっている。

料理女が家の精を密かに助手として使おうとする時には、よく面倒を見なければならない。そうしないと、家では何をしてもうまくいかず、結局出て行く羽目になる。

72　家精

家精は本当の人間であると信じられている。その外見はカラフルな小さな上着を着た子供である。それに加えていくつかのことが伝えられている。彼らの一部は背中にナイフが刺さっていたり、いずれにせよ昔殺された時の様々な凶器をつけたままで本当に身の毛もよだつ姿をしている。何しろ家精とは、以前家にいて殺害された者たちの魂と看做《みな》されているのだ。

時たま料理女は、クルト・ヒームゲンあるいはハインツヒェンとも呼ばれている小さな召使家精の姿を見たくてたまらなくて、その見たいという気持はおさまらなかったので、精はどこで自分の姿を見ることができるのかその場所と、同時にまたその際冷たい水の入った手桶を持ってくることも重要だと彼女に伝えた。そこで料理女がそこへ赴いてみると、床に置かれた小さなクッションの上に、背中に大きな屠畜用の包丁が突き刺さったまま裸で横たわっている精を見つけた。びっくり仰天した彼女が倒れてしまうと、精はただちに飛び起きて、再び正気に戻るよう彼女にとことん冷水を浴びせかけたのだ。こうした後で、料理女からは家精を見たいという気は失せてしまう。

グリム童話「小人たち」(Wichtelmänner: KHM39)の「一番目の話」は、主人の仕事を片付けてくれる性格がこの「家の精」によく似ている。その冒頭部分は次のようだ。

ある靴屋がたいへん貧乏になって、手もとには靴一足分の革が残っているだけでした。その革を、夜、靴屋は裁断して寝床に入りました。そして翌朝仕事をしようと思っていました。ところが起きて、仕事をしようと腰をおろすと、靴がきれいに仕上がって、靴屋の机の上においてありました。まもなくお客もやってきて、その靴にたくさんお金を払ってくれたので、靴屋は二足分の革を買うことができました。夜、その革をまた裁断しておきました。そして翌朝仕事にかかろうとすると、またもやすっかり靴ができ上がっていました。そしてその靴を売って手に入れたお金で四足分の革を買うことができました。ところがそれも三日目の朝にはきちんと靴になっていました。そしてそのようなことが続き、靴屋が、夜裁断しておいただけの靴が、朝にはでき上がっていました。そしてまもなく、靴屋は金持ちになりました。[11]（後略）

誰が手伝ってくれているのか確かめたいと思った夫婦が隠れて見ていると、仕事をしてくれたのは「小さな可愛らしい裸の小人二人」であることがはっきりする。しかし、夫婦が感謝の気持から二人に着るものを作って置いておくと、喜んでそれを着た小人たちはもう二度と戻っては来なかったのであった。

この点、家の精は一たん家族との信頼関係が築かれると、「その家にいつくことになり、家の住人が一人でも存命している限りそこを離れない」のだから、小人とは大いに違っている。

家の精は家に住み着くという特徴から見て、遠野のオクナイサマと座敷童子とを合わせたような性格を持っているのではないだろうか。「家精は本当の人間と信じられ大きさは子供並み」と書かれている点からも、ますますオクナイサマとの類似点は多い。

オクナイサマについて述べている『遠野物語』一五は、次のような話だ。

一五　オクナイサマを祭ると善いことが沢山ある。田圃の家と呼ばれていた土淵村の長者安倍氏の所で、ある時、田植えの人手が足りずに困っていた時、どこからか小柄な小僧がやってきて「僕もお手伝いしましょう」と言うので、そのまま働いてもらった。昼になって、飯をあげようと捜したけど見当たらず、それでもしばらくするとまた戻ってきて、一日中、田に水を引いたり土を砕いたりしてくれたので、その日の内に無事田植えを終えることが出来た。どこの誰かは分からないけれど、晩飯を一緒に食べようと思っていたら、夕方その姿は消えていた。家に帰ってみると、縁側に小さな泥の足跡が沢山ついているではないか。それはだんだん座敷へと入り、オクナイサマの神棚の所で止まっていた。ひょっとしてと思ってその扉を開くと、神像の腰から下が泥だらけになっていたということだ。

家の精とオクナイサマは、子供のような外見と家の仕事を熱心に手伝ってくれる点が実によく似ていることがわかる。

一方、座敷童子も通常は五歳から十歳位までの子供でおかっぱ頭、これがいてくれるだけで家運は繁盛するが、よそへ移ってしまうと傾くといわれている。要するに、子ども自身が熱心に家事を手伝うということはないようなのである。オクナイサマは常にその住み着いた家の利益を守るためにのみ現れるのだから、家が衰退すると消えてしまう座敷童子の方がクールな性格と言えるだろう。

(座敷童子が) 出現する座敷に泊まると、夜中に枕の位置を変える、枕がえしといういたずらをされたり、布団の上から体を押し付けられたり、体に触られたり、とても寝ていることができないという。しかしそれ以外のいたずらや祟りはせず、またかならずしも特定の家筋に永久に付属するということはない。成り上がり者の家に出現することはなく、これがいると伝えられる家では、そのことを誇りにして大切に扱い、また世間でも羨望に近い感情を抱いているという。[12]

他に、ホソテあるいはナガテという、土間の片隅から手だけが伸びてくる、堕胎した赤子と関連する話がある。圧殺された赤子の霊魂や、巫女の言葉でこれらは若葉の霊（または魂）と呼ばれた。折口信夫も「座敷小僧の話」で簡単にこのことに触れている。

東北地方では所謂まびくと言ふ事をうすごろと言ふ土地もあつて、そのまびかれた子どもが、時々雨の降る日など、ぶるぶる慄へながら縁側を歩くのを見る。これを若葉の霊といふのだ。

嬰児の圧殺は昔は常の如く考えていたものらしく、殺せば決して屋内より出さず、必ず土間の踏み台の下か、石臼場のような、繁しく人に踏み付けられる場所に埋めたものである。(13)

更に念仏童子というのがいて、それは天明かいつかの飢饉の時、盗癖か何かの理由で座敷のきつ(櫃)の中で蒸殺された童子だという。「昔、無残な最後を遂げた童子の魂魄は、このように屋内に留まり、ザシキワラシに似た動作をして、折々客人などを驚かすということである」(14)。人々が「南無阿弥陀仏」をとなえると、この童子もそれについて同じく「南無阿弥陀仏」をとなえ、それが念仏童子の由来となっている。日本における昔のこうした状況は、「家精は昔その家で殺された人間たちの霊魂だというのである」と『ドイツ伝説集』に書かれているのと実によく似ているではないか。

ところで、昔、ザシキワラシを卒論のテーマにした学生が、面白い報告をしている。

福島県いわき市の小さな漁港にザシキワラシが出るとの噂を聞いた彼は、ある社長宅を訪ねて行ったのだが、漁船の船主でもあったその社長は遠洋に出ていて留守だったため、奥さんから話を聞いたのであった。直接ザシキワラシと話が出来るのは社長本人だけなので、どんな様子をしていたのかは残念ながらよくわからなかったという。しかし、そのザシキワラシは時々ふっと姿を消しては、何日か後にまた戻って来るらしかった。社長が、「どこへ行っていたのだ」と聞いたら、「別のお金持ちの社長のところ」という答で、どうやら彼はいくつかの社長宅を、ローテーションを組んで回っているらしいのであった。

こんなザシキワラシもいるのかと、びっくりした次第である。

この項で読んだ「家精」の後半で、女中が「小僧さん」をクルト・ヒームゲンやハインツヒェン（ハインツェルメンヒェン Heinzelmännchen）と呼んでいるが、これは、ドイツ語でこっそり家の仕事を助けてくれる小妖精、家の精の呼称である。コーボルト（Kobold）の方は、民間信仰で悪戯好きな家の精である小人のことで、こちらの性格は座敷童子にそっくりだ。また、同じく家の精を意味するハウスガイスト（Hausgeist）という言葉は、俗語として、古くから家にいる家政婦などを親しみを込めて呼ぶ場合もある。

この話の最後は、『ドイツ伝説集』７６「ヒンツェルマン」という家精の話によく似ている。リューネブルク近くの古城でヒンツェルマンの存在がわかったのは一五八四年で、この時はただやかましい音で自分がいることを知らせようとしただけだったという。人が彼に家精（Kobolde）や騒霊（Poltergeister）を知っているかと聞いた時の返事は次のようだ。

そんなものが俺に何のかかわりがあるっていうんだい。俺は、あんな悪霊どもの世界には住んでないのさ。誰も俺に悪いことなんてされやしないさ。それどころか俺はいいことしかしないよ。俺の邪魔さえしなければ、お前さんたちはどこでも幸せを感じるだろう。家畜は繁殖するし、財産も増えて、全てが順調にどんどん進むだろう。

ヒンツェルマンも72の「家精」と同じく、女中に姿を見せてくれるようしつこく頼まれて、最後にはやはり、「水の入ったバケツを両手にさげて」明日の朝、地下の酒蔵へ来るようにと言うのである。

76 ヒンツェルマン（抜粋）

（前略）次の朝、料理女は準備して、水の入ったバケツを両手に持つと、地下室へと下りて行った。彼女が中を見回しても何も見えなかったが、しかし地面に目をやると、自分のすぐ前に、中に三歳ぐらいの裸の子供が横たわっている舟形の桶があるのに気づいた。その心臓には二本のナイフが縦横に突き刺さり、全身血まみれであった。この瞬間、女中はびっくりして気を失い、地面に倒れてしまった。精がすぐに、女が運んできた水を取ってその頭に浴びせたので、女は再び気がついたのであった。

72はクッションの上、76は桶の中という違いはあるにせよ、裸の子供にナイフが突き刺さっていたのは同じである。残酷なシーンには思わず寒気がするが、一方でナイフには男根という隠された意味もあり、それを見た女中が卒倒するとは何ともエロティックな話である。かつてドイツでは、妊婦のベッドの敷布団にナイフを突き立てると男の子が生まれるという俗信があったし、二つのナイフが偶然テーブルの上で十字形に交差した時（または一本がフォークと交差している時）は不吉であるとも言われていた[15]。

*不吉な予言を伝える神秘的な能力

さて、「ヒンツェルマン」の話を更に続けよう。

ヒンツェルマン（Hinzelmann）という名は、恐らくハインツ（Heinz つまりハインリッヒ Heinrich）の愛称で、ドイツ語で「ヒンツとクンツ」（Hinz und Kunz）といえば「誰も彼も」ということだ。例えば、Das weiß schon Hinz und Kunz は「そんなことはもう誰でも知っている」という意味で、つまり「ヒンツェルマン」はその名前からして、既に皆が知っていて当然といった存在を暗示しているかのようなのだ。

伝説集の中では珍しく長いこの話は、いくつかの話が合わさって出来上がったとは十分に考えられる。これらの中でもフーデミューレンに住むある男の話は、やはり『遠野物語』九三に登場する菊池菊蔵の話にとてもよく似ていて興味深い。

まずは「ヒンツェルマン」から一部を引用する。

76 ヒンツェルマン（抜粋）

フーデミューレンの男がある時、不幸に見舞われるなど何ら夢にも思わず、他の作男や下僕たちと共に畑で穀物を刈り取っていると、彼のところへヒンツェルマンがやって来て叫んだ。「走れ。全速力で家へ戻れ。あんたの一番下の子を助けてやれ。たった今、顔から火の中へ落ちて大やけどしたぞ」。びっくりした男は大鎌を放り出して、ヒンツェルマンの言ったことが本当かどうか確かめるべく家へ急いだ。

さて、男が戸口の敷居をまたぐやいなや、もう駆け寄って出迎えた人が不幸な出来事を話したのだ。果たして、彼の息子が顔中無残に大やけどをしたのがわかった。深鍋がのっていた火のそばで小さな椅子に坐っていたその子は、スプーンを鍋に入れようとして椅子を前の方に傾けた時、顔から火の中へ落ちてしまったのである。そばにいた母親が走ってきて再び炎から引き離したから、子供は確かにいくらかやけどはしたものの、とにかく命に別状はなかったのだ。不思議なのは、この不幸が起るとほぼ同時に、精が畑にいた父親に知らせ、子供を助けに戻るよう強く促したことである。

一方、『遠野物語』は次のようである。

九三　菊池菊蔵の妻は、笛吹峠を越えた橋野の出である。彼女が親里へ行っている間に、糸蔵という五、六歳の子が病気になったので、彼は峠を越えて妻を迎えに行くことにした。道は木が深く、両側の高い谷あいを通っている。薄暗くなり始めた頃、菊蔵と呼ぶ者がいるので振り返ると、誰かが崖の上からこちらを覗いていた。その人は顔が赤く、眼が光っていた。そして、「お前の子はもう死んでいるぞ」と言ったのである。菊蔵は恐ろしいというよりはっとしたけれど、その姿はもう消えていた。急いで夜に妻と戻ってみると、果たして子供は死んでいたのである。四、五年前のことだという。

どちらも予言が的中したという不思議な話だ。ドイツの子は大火傷をしても助かり、日本の子は可哀相なことに親に看取られることもなく死んでしまったのが違ってはいるけれど、何かしら我々の知り得ない予知能力やテレパシーといった神秘的な存在について考えさせられるテーマとなっている。こうした奇妙な出来事は、洋の東西を問わずあり得る事なのだろう。

ヒンツェルマンの後半にも座敷童子に実によく似た部分がある。

フェルトマン・フォン・アイケローエという伝道師が一五九七年十二月十五日付の手紙に書いている。「ヒンツェルマンは男の子か乙女のような小さな手をしばしば見せたものの、彼自身の姿を見ることは出来なかった。」

フェルトマン師は十四、五歳の頃、精が小さな男の子の姿で階段を素早く駆け上るのを見たという。子供たちがフーデミューレンの館の周りに集まって一緒に遊んでいると、精は幼い可愛らしい子供の姿をしてみんなと遊んだので、他の子供たちは精の姿をはっきりと見たのだった。その後、家に帰った子供たちは両親に、自分たちが遊んでいると知らない子がやって来て、どんな風にみんなで楽しんだかを話したのだ。

ある女中の話もこのことを裏付けている。かつて彼女がある部屋に入ったところ、五、六人の子供たちが遊んでいて、その中に一人見知らぬ子がいた。カールした黄色い髪を肩までたらした美しい顔立ちの子で、赤いビロードの上着を着ていた。彼女がよく見ようとすると、子供はグループから離れて姿を消してしまった。

ヒンツェルマンはまた、フーデミューレンに滞在したある道化師ともよく遊んだ。クラウスという名のこの道化師の話では、小さな男の子は大体四歳の子供と同じぐらいの大きさだったということである。

柳田国男が『妖怪談義』（全集6）で報告している座敷童子のエピソードは面白いので、次にその要旨をご紹介しておこう。

ザシキワラシ（二）（要約）

明治四三年七月頃、土淵村の小学校に一人のザシキワラシが現れて、児童たちと一緒に遊んでいた。しかし、その姿が見えたのは一年生の小さな子だけで、年上の子や大人には見えなかった。遠野町の小学校から見に行っても、見えたのはやはり一年生のみであった。毎日のように出たらしい。遠野で南部家の米蔵を小学校にしていた一七、八年前には、そこに子供の幽霊が出るという噂があった。それを見たという友人もいる。

「夜の九時頃になると、玄関から白い衣物を着た六七歳の童子が、戸の隙より入って来て、教室の方へ行き、机椅子の間などをくぐって楽しそうに遊んでいたという。それも多分ザシキワラシであったろうと思う。」（「郷土研究」大正三年八月）

この座敷童子の前半は伝説集の伝道師が見たというヒンツェルマンに、そして後半は女中が見た赤いビロードを着た子供（ヒンツェルマン）によく似ている。

宮沢賢治にも四つの短いエピソードを集めた「ざしき童子《ぼっこ》のはなし」という小品があって、その二番目の話がやや「ヒンツェルマン」に似ている。

「大道めぐり、大道めぐり」

一生けん命、かう叫びながら、ちやうど十人の子供らが、両手をつないで円くなり、ぐるぐるぐるぐる、座敷のなかをまはってゐました。どの子もみんな、そのうちのお振舞いによばれて来たのです。

ぐるぐるぐるぐる、まはつて遊んで居りました。

そしたらいつか、十一人になりました。

ひとりも知らない顔がなく、ひとりもおんなじ顔がなく、それでもやっぱり、どう数へても十一人だけ居りました。その増えた一人がざしきぼっこなのだぞと、大人が出てきて云ひました。

けれどもたれが増えたのか、とにかくみんな、自分だけは、何だってざしきぼっこだないと、一生けん命眼を張って、きちんと座って居りました。

こんなのがざしきぼっこです。(16)


家精と座敷童子に共通しているのは、どちらも子供の姿をして、無残な殺され方をされた可能性が高い点であった。そしてまた古い大きな屋敷に居ついてちょっとした悪戯をしたり、家人を助けて豊かにしてくれる点も、不思議なことに驚くほどよく似ているのである。

結局、ヒンツェルマンがフーデミューレンにいたのは一五八四年から八八年までの四年間で、立ち去る前に彼は次のように言ったのだという。

「もし一族が衰退し出したら、自分はもう一度来るよ。そしたら、一族はまた新たに栄えて上り調子になるだろうさ。」

*グレートマザーとしてのホレおばさん（Frau Holle）

伝説集の4から8にかけては「ホレ（ホッラ）おばさん」に関する記述である。彼女はグリム童話にも「ホレおばさん」（KHM24）として登場しているから、ご存知の方も多いのではあるまいか。ヘッセン地方の童話と同じく、伝説でも「人の世に雪が降るのは、ホレおばが布団を叩いて、その綿屑が空中を舞っている」からだと語られている。ホルスタイン地方では「聖ペトゥルースが自分のベッドを整えた」とか、「天使たちが羽毛や綿毛を抜いている」といった表現で雪の降る理由を説明している。なんともロマンチックな言い方ではないか。

童話で重要なのは、美しく誠実な継娘と醜く怠け者の娘との対比で、前者がホレおばさんに連れられて通った門からは黄金の雨が降り、後者の時には「チャンのいっぱい入った大釜がざあっとぶちまけられた」のであった。意地悪な姉妹の登場と、この世のものとは思えないような存在に助けられる継娘の姿は、この話が広い意味でシンデレラ型の類話であることを示している。「ホレのおばさん」の伝説では童話のように善悪の対立やいじめが描かれることはなく、あくまでもおばさんの持つ不思議な力と、そのグレートマザー的性格が強調されている。

4「ホレおばさんの池」で彼女は、童話と同じように池の底にある世界に住み、勤勉な娘には力を貸し、怠け者には罰を与えている。童話への影響は大きいと思われるが、勿論、伝説が童話の影響を受けている可能性もあるだろう。一部を抜粋しておく。

4　ホレおばさんの池

ホレおばさんのいる泉の中へ下りてきた女たちに、おばさんは健康と旺盛な繁殖力を与える。新しく生まれた子供たちはおばさんが泉の中から取り出してもたらしたものなのだ。池の底に所有している花や果実やお菓子、そして他に較べようもない庭の中に生えているものを、おばさんは出会って気に入った人たちに振舞うのである。彼女はとても几帳面で、家の中の整頓を重んじる。人間の世界に雪が降るのは、ホレおばさんが自分のベッドのほこりをたたき出していて、そのために綿屑が空中に飛ぶからである。

七番目に収められた「ホレおばさんと忠実なエッカルト」はテューリンゲンにあるシュヴァルツ

アという村が舞台である。

7　ホレおばさんと忠実なエッカルト

ある降臨祭の折にホレおばさんが通り過ぎ、その行列の先頭には忠実なエッカルトがいて、「痛い目に遇いたくなければ道を空けろ」とふれている。酒屋にビールを取りに行っていた二人の子供は瓶を抱えて脇によけたのに、行列の中にいた女たちがその瓶を取りあげて飲んでしまった。二人は怯えた。空の瓶を持ち帰ったなら家でどんな目にあうかしれなかったからだ。するとそこへ忠実なエッカルトが寄って来て言った。

「お前たち、一言も喋らなかったのは幸いだった。そうでなければ、首が後ろ向きになるところだった。もしこのことを誰にも言わなければ、その瓶にビールが絶えることはないぞ」

子供たちは言いつけを守り、瓶は決して空にならなかった。しかしそれも三日間だけのことであった。二人は両親に一切を話し、瓶の底は干上がってしまった。

古今東西の伝承の中で、「誰にも言うな」という言いつけを破ってしまった者たちは、すべからくやってきた幸運を逃してしまう運命を辿る。だまっていればよかったのに、と後悔しても、もう遅いのである。

エッカルトという男子名はドイツの英雄叙事詩や民間伝承によく登場して、いつも手助けしてくれる忠実な友の意味を含み、「忠実な」といった形容詞はエッカルトに相応しい枕詞とさえなっている。エッカルトとはエッケ（Ecke→剣の刃）なハルト（hart→硬い）、つまり「硬い剣の刃」を意味してもいる。だから、ビール瓶をかかえた二人の子供たちも、彼のために脇へよけたのである。ちなみにこの部分、テキストではエッカルト（Eckart）を避けようとして、脇（Ecke エッケ）によけたと愉快な語呂合わせとなっている。

この伝説ではホレおばさんの名前はちょっと出てくるだけで、主人公は行列の先を行く忠実なエッカルトである。しかし、こうして読んでいると、何か不思議なことが起こる前触れとして、ホレおばさんがその予告のように姿を見せるのが、ドイツ伝説のひとつの定型なのかもしれない。

2　不思議な運命の物語

ブレーメンの音楽隊

指輪をめぐる二つの物語

*魔力を秘めた指輪

指輪をめぐる物語には、なぜか抗いがたい魅力がある。
『グリム・ドイツ伝説集』のなかにも、そうした不思議な物語が収録されている。

一つ目に読むのは、指輪の持つ不思議な力と英雄カールとを結びつけた伝説である。指輪の象徴性は束縛することで、本来は奴隷の身分を表していた。ギリシャでは人類に火をもたらしてくれたプロメテウスが指輪を嵌めた最初の人とされているが、それは彼が繋がれていた鎖の名残を象徴しているとされる。

伝説の中で、カール大帝も指輪を持つある女性に束縛され、次にはその指輪の渡った大僧正に、そして最後は指輪の沈んだ湖近くにあるアーヘンという町に束縛されたのであった。この伝説は、カールが何故アーヘンをフランク王国の首都とするに至ったかについて語る一種の因果物語である。

458　アーヘン湖の指輪

ドイツへ旅をしたペトラルカは、アーヘンで僧侶たちの話を聞いた。彼らはその話が本当のことで、口から口へ伝えられてきたと言ったそうである。

かつて、カール大帝（七四二―八一四年）は一人の平凡な婦人に恋心を抱き、全てを忘れて任務を放棄し、その上、己の健康状態すら蔑ろにしていたことがあった。宮廷の人々は途方にくれ、ちっともさめないこの恋の情熱に不機嫌になっていたけれど、結局、当の婦人は病気になって死んでしまったのである。

人々は大帝がこれからは彼の恋を断念されるだろうと期待したのだが、しかしそうはならず、死体の側に坐った大帝は、それにキスし抱きしめ、まだ生きているかのように語りかけていた。死体は臭いを発し、腐り始めた。それにもかかわらず、大帝は死体の相手を止めようとはしなかったのである。

この時、大僧正トゥルピンは、これには背後に何か魔力が作用しているに違いないと予感したのだ。そこで大司教はある日カール大帝が部屋を出た隙に、死んだ婦人の身体に何か見つけることが出来ないかと隈なくそれを触って、ついに彼は舌の下に一つの指輪を見つけ、これを持ち帰ったのである。

さて、再び部屋に戻った大帝は深い眠りから覚めたかのように、びっくりして尋ねたものだ。

「一体、誰がこんな臭い死体を持ち込んだのだ」と。そしてすぐに死体を埋葬するよう命じたのだった。ところがそれからというもの、大帝の愛情は大司教に向けられ、大司教の行くところどこへでもついて行くようになってしまった。それに気づいた慈悲深く賢明な大司教は、指輪の持つ力がよくわかった。彼は、いつか指輪が邪悪なる者の手に落ちるのを恐れて、それをアーヘンの町の近くにある湖の中へ投げ込んでしまったのである。

これ以来カール大帝はこの地が好きになって、最早アーヘンの町を離れがたくなったのだと伝えられている。大帝はこの町に皇帝の城と聖堂を建てさせ、そこで余生を過ごし、死後はそ

アーヘン市庁舎前に立つカール大帝の像

こに埋葬されんことを望んだ。また大帝は、彼の後継者全てがこの町でまず塗油の秘蹟を施され、神聖にされるようにと命じたのであった。

北欧神話「ハディング王」の物語には、カールの伝説によく似た箇所がある。

デンマークの王子ハディングは父を殺された後、スウェーデンの巨人族の娘ハルドグレイプに養育されたのだが、彼女は王子が成人すると彼の愛人になりたがった。ハディングが躊躇しているとハルドグレイプは、自分は自由自在に身体を大きくしたり小さくしたり出来るから、「あなたの腕の中でも休めるのです」と安心させたのである。

彼女はどこへでもついて来て、二人が父の仇を討つべく旅に出ると、その途中とある家で横たわっている一人の死体に出会った。ハルドグレイプは、自分の将来を知りたかったら、ルーン文字を書き付けた木片を死人の舌の下に差し込んで御覧と言う。ハディングが言われた通りにすると、死人は起き上がって言ったのだ。

「誰だ、俺の意に反して俺を光の中へ引っ張り出したのは？　俺を地上から無理強いに無用な道を辿らせる奴は不幸に落ちるのだ。しかしハディング、お前はどこまでも救われるだろうよ」

この後、森の中でハルドグレイプは巨人どもに襲われて、彼らの爪でいくつにも引き裂かれてしまう。

（中略）

ある時、ハディングは、一人の巨人がトロンデラーグの王女ラグンヒルドとの結婚を強要しているのを聞いて待ち伏せし、激しい戦いの末これを倒す。ハディングの後をつけて、巨人との戦いを見たラグンヒルドは、瀕死の重傷を負った彼を隠れ家へ連れて行き、手当てを施したのである。そして彼女はハディングに包帯をする間、密かに彼の脚の傷の中に自分の指輪を嵌め込んだのだ。

巨人族が殺されたのを喜んだ王は、彼女が好む花婿を選ぶことを許したので、彼女と結婚したがった夥しい若者たちがやって来たのである。

やって来た客たちの中に、いまは健康をまた取戻したハディングもいた。ラグンヒルドは宴席の間を廻って客たちをつらつらと見ていたが、例の指輪に目をとめると、ハディングを引き出して、わたしはこの人を夫に選びますと言ったのである。そして彼女は、巨人が殺されるまでの経緯を残らず話して、わたしを不幸な結婚から解放してくれた人はこの人なのですと言った。

いまや、ハディングも皆の前に進み出て、名前を名のった。ハーコン王は直ちに彼をラグンヒルドと結婚させた。(17)

この物語も、指輪が本質的に「絆」や「結びつけること」を意味していると伝えている。

＊失われた指輪

では、もうひとつ、指輪をめぐる物語をご紹介しよう。「誓い」や「約束」をも象徴する指輪の特徴がよく現れた伝説（一〇四四年頃）である。

513　トッゲンブルクのイダ

キルヒベルク一族出身であったトッゲンブルクの伯爵夫人イダの結婚指輪を、一羽の烏が開いていた窓から盗んだ。

イダの夫ハインリッヒ伯爵の家臣が指輪を見つけ、拾っていた。伯爵は家臣がその指輪を嵌めているのに気づくと、怒りながら不運なイダのところへ急ぎ、彼女を高いトッゲンブルク城の上から堀の中へと突き落としてしまった。例の家臣を伯爵は荒馬の長い尾に縛り付けて、岩山を引き摺り下ろさせた。

しかしながら、伯爵夫人は落とされた際、一本の木の枝につかまり、夜になってそこから逃れたのである。夫人は、とある森の中へ行き、水と植物の根で命をつないだ。

無実が明らかになった時、一人の狩人が伯爵夫人イダを見つけたのである。伯爵は盛んに頼んだのだったが、彼女は最早夫の許で生活するつもりはなく、フィッシンゲンの修道院で静かにそして清らかに暮らしたのである。

すぐにカッと頭に血が上る単細胞の夫を持った妻の悲劇である。

指輪は結婚指輪に象徴されるように、「誓い」の表れだから、本来は外すことなく常に嵌めているものなのだろう。そういう意味では、伯爵夫人イダにもちょっとした油断があったとは言えるけれど、それにしても、弁明も聞かず夫人を深い堀に突き落としてしまった夫ハインリッヒの軽率さは責められるべきである。最後に夫の求めを拒絶して、修道院に入った妻の気持はよく理解できる。如何なる理由があったにしても、自分を殺そうとした人間と、誰が一緒に住みたいと願うだろう。

そうした決断や決意までも、指輪が導く物語なのだと、この伝説は伝えているのかもしれない。

神の定めし運命の物語

＊運命という枷

人間がどんなに努力をしようとも、神の決めた運命には逆らえない。そんな諦めにも似た民衆の実感は、もしかすると人々の語る伝説にも影を落としていたのかもしれない。

ご紹介するのは、ギリシア神話「オイディプス」にも似た、波乱万丈の運命の物語である。

486　皇帝ハインリッヒ三世の伝説（あらすじ）

皇帝コンラートに追放されたレオポルト・フォン・カルフ伯は、シュヴァルツヴァルト（黒い森）の淋しい水車小屋に隠れていた。ところが、偶然にも皇帝がその小屋の側を通りかかった時、カルフ伯の身重の妻が出産したのである。その時、皇帝の耳にどこからか、「今ここで生まれる子は、お前の娘の婿となるのだ。」という声が聞こえてきたのだ。帝は家臣を家に入れ、子を殺してくるように命じたのである。しかし家臣は神の怒りを恐れ、子を木の股に置き去りにして、殺した証拠として兎の心臓を持っていったのであった。

子供は拾われたたシュヴァーベン大公のもとで成長すると、コンラート帝の宮殿へと送られた。帝はこの若者をしばしば自分の所へ呼んだのだが、それというのも彼が宮殿の他の貴公子たちより聡明で礼儀正しかったからである。

さて、この若者ハインリッヒがシュヴァーベン大公の本当の子ではなく、さらわれてきた子だという中傷が皇帝の耳に入ったことがあった。それを聞いた帝はハインリッヒの年を数えてみて、森の水車小屋の側で告げられた予言の子かもしれぬと、恐怖を覚えたのであった。そして自分の娘の婿にならぬ様、またもや先手を打とうと思ったのである。

そこで帝は王妃に手紙を書いて、もし自分の命が大切であるなら、この手紙の運び人を殺させるようにと命じたのだ。帝は王妃以外の者には絶対に渡してはいけないと命じて、若きハインリッヒに封印されたその手紙を託したのである。

これについて悪いことなど何も考えず、使いの役目を成し遂げたいと思ったハインリッヒは、安全のため手紙や他のものが入ったカバンを彼に預けたのである。途中で学識ある主人が営む一軒の宿へとやって来た。その主人を信頼したハインリッヒは、安全のため手紙や他のものが入ったカバンを彼に預けたのである。

その手紙に好奇心をそそられた主人は、そこに王妃がハインリッヒを殺すようにと書かれているのを読むと、書き換えて、王妃がこの手紙の運び人である若者に自分の娘を与えよと付け加えたのだ。主人はその手紙を、再び申し分なく念入りに封印したのだ。

さて、若きハインリッヒが王妃にその手紙を見せると、王妃は彼に娘を与えたから、彼はつまり嫁を貰ったのである。この噂は間もなく皇帝の所へ届いた。そこで帝はシュヴァーベンの大公や他の騎士たち、そして下僕たちから、ハインリッヒはレオポルドの妻が水車小屋で産んだ子だったのを知った。彼こそ予言されていた子であるとの判断を下したのだ。

「今や、余は良く分かった。誰も神の定めたもうたことを妨げることなど出来ないのだ」と帝は言って、娘の婿を帝国に迎え入れたのである。

ハインリッヒは自分の生まれた水車小屋の場所に、ドイツ最初の僧院であるヒルシャラ僧院を建てたのであった。

これは皇帝ハインリッヒ三世（一〇一七―一〇五六年）の伝説となっているけれど、内容的にはグリム童話「手なし娘」(Das Mädchen ohne Hände: KHM31) とほぼ同じである。また、子供を殺せと命じられた家臣が「可哀相だから」と思って、代わりに他の小動物を殺し、主にはその心臓を証拠に持っていく場面は、「白雪姫」やペローの「眠りの森の美女」にもよく似ている。

手紙を書き換えるモチーフを、アールネとトンプソン（A. Aarne & S. Thompson）はThe Type of the Folktale[18]の中で、「930　運命の物語」に分類している。それは次のような内容である。

930

Ⅰ　予言者

（a）貧しい男の子が王様の義理の息子になると予言される。

Ⅱ　売ることと放棄

（a）王様が男の子を両親から買う。

（b）王様はその男の子を箱に入れて、川（あるいは森の中）へ捨てる。

（c）男の子は粉屋、羊飼い、猟師、商人、いずれかの人に助けられて養子となる。

Ⅲ　ユリアの手紙（Uriah Letter）

（a）王様は男の子を見つけ出し、彼本人に、彼を殺すよう命じた手紙を持たせてお妃のところへ行かせる。

（b）途中で追剝ぎたちがお妃宛の手紙の内容を、この男の子と王女を結婚させよという命令に変えてしまう。

この「手紙の書き換え」モチーフはヨーロッパでは「ユリアの手紙」と呼ばれて、広く知られている。そもそも最初にこの話が現れたのは十二世紀末のイギリス南部においてで、その後十七世紀までには、今日、グリム童話「手なし娘」にも見られるような文学的な形に整えられてきた。記録によると一四四八年、イエーハン・ワウクェリーン（Jehan Wauqelin）なる人物によって散文に手直しされ、民衆本（Volksbuch）としてフランス、ドイツ、オランダ、デンマーク、スウェーデンそしてアイルランドに広まったということである(19)。

「皇帝ハインリッヒの伝説」がいつ頃書き留められたのかはよく分からないけれど、こうした民衆本の影響の下に人物をうまく置き換えて言い伝えられてきたのだと推測される。最後の部分は、要するに、皇帝ハインリッヒ三世は神が定めた人物なのだということを、声を大にして伝えたかったのだろう。

グリム童話の「手なし娘」は比較的長い話なので、ここでは引用せず、むしろ日本各地に広まっているほぼ同じ内容の標準的な話のあらすじを載せておく。

昔大阪の金持の家に美しい一人の娘があった。母が亡くなって後妻が来たが、継子の娘を憎んでいる。父親の留守に、娘を山奥へ連れて行って殺すよう家来に命じた。家来の者は殺すに忍びず両手だけを切って山へ捨てた。娘は泣きながら歩いていると、京都のような町に出た。ある家にミカンが実っていたので、口でかじって食べた。その家は日野屋で、そこの若主人と娘とはいいなずけだったが、娘はもういまさらどうしようもないと独言をいって嘆いていると、召使がそれを聞きつけて若主人に話した。娘は若主人と会い事情を話すと、妻として迎えられることになる。ある時夫が商用で旅に出たあと子供を産んだ。親たちは大喜びで息子に手紙を書き使いを出す。事情を知らない使いは、途中娘の継母の許によって出産の話をした。継母は口惜しくてたまらず、使いに酒を飲ませて酔いつぶし、手紙をとり出して鬼か猿かわからないような子供を産んだと書き換えた。若主人はそれを見て、鬼でも猿でもわが子だから、自分の帰るまで大切に育てよと返事を書いた。帰途、また継母の所で、母親と一緒に棄ててしまえという手紙とすりかえられる。受け取った親たちはどういうことかと悲しんだが、息子のいうことなので仕方なく嫁を孫とともに出してしまった。嫁は子供を背負ってあてもなく歩いていると、お堂があったのでもう一度手が出るように祈った。途中で六部に出逢い、「どんどん歩いていくとびっくりする時がある。その時切られた手がはえる」と教えられた。川のほとりに出て川辺におりて水を飲もうとしたら、背の子供がずり落ちそうになった。驚いて思わず抑えようとしたはずみに両方の手がはえた。喜んで歩いていくとまた六部にあい、この先の寺へ行って世話になるようにと言われた。寺の和尚に頼んで母子二人はそこに住む。年が経って子供が四歳になった。一方夫は家に帰って事情を知り、調べるとすべて継母の悪事とわかった。夫は妻子を尋ねて旅に出たが、ある時六部にあってその助言で寺に行く。寺の庭で遊んでいた四歳ばかりの子供が急いで奥へ行き、母に父が来たと告げたあと、すがりついてきた。夫は和尚から話を聞いて親子三人つれ立って家に帰り幸福に暮らし、継母は罰で盲目になった。（青森県

五戸)[20]

神様の見えざる手が感じられるような逸話ではないか。

*神への祈りと三者三様の運命

『グリム・ドイツ伝説集』の最初に収められた話、「クッテンベルクの三鉱夫」は、「ボヘミアにクッテンベルクという鉱山がある」という言葉からはじまる。いきなり場所を明示しているのは、時代や場所を特定しないのが一般的である収集童話とは違う、伝説の大きな特徴といえる。

1　クッテンベルクの三鉱夫

クッテンベルクの鉱山で、三人の信心深い鉱夫が生き埋めになった。彼らは間もなく死んでしまうと思ったが、何もしないのも嫌だったから、まだ力のあるうちは絶えず働き、神に祈っていた。そのせいか、彼らの明かりは七年間燃え続け、毎日食べていた小さなパンも無くならなかったので、彼らには七年もただの一日のように思えたのだった。

さて、地下にいた三人のうちの一人は心底から、「ああ、もう一度、日の光を見ることが出来るなら死んでもいい！」と願った。二番目は、「もう一度、家で妻と食事が出来るなら、喜んで死ぬだろうに！」。三番目は、「ああ、あと一年だけ穏やかに満足して妻と暮らせるなら、喜んで死ぬだろう！」。

彼らがそんなことを話していた時、凄まじい音を立てて山が割れた。最初の男はその裂け目から上の青い空を見て、日の光を喜んだ途端、倒れて死んでしまった。山は互いに開いて、裂け目が大きくなったので、あとの二人は階段を掘り、ついに外へ這い出すことが出来た。

二番目の男が家に帰っても、妻は夫が七年前にクッテンベルクで死んだものと思っていたし、夫の髪も髭も伸び放題だったので、すぐには見分けが付かないのであった。彼が髭を剃って髪を整えた時、彼女にはやっと自分の夫であることがわかったのである。心底喜んだ妻は、料理と飲み物をテーブルに整え、彼らはお互いに満足して食べた。しかし、満腹になった夫はパンの最後のひとかけらを食べると、倒れて死んでしまった。

三番目の鉱夫は、まる一年というもの彼の妻と静かに安らかに暮らし、一年後、鉱山から戻ったのと同じ時刻に倒れ、妻も死んだ。

つまり、彼らが皆信心深かったが故に、神はその願いを叶えてくれたのである。

ドイツロマン派の作家たちによる作品には、鉱物を探して洞窟に入っていく主人公や、「白雪姫」の小人たちのようにカンテラを片手に地下に潜って行く人々が数多く登場してくる。こうしたことは近代に入って次第に科学が発達してきたことと密接に関連していると思われる。

登場するのが三人とか七人というのは、聞き手の耳にとても心地よく響く数字だ。ただ、童話だと一番目二番目が失敗した後、三番目が成功するといったパターンが多いけれど、伝説はあまりそうした結果にはこだわらない。特に、宗教色の強いこの作品は「こうなりましたよ」とただ出来事を伝えようとしているだけのようだ。三人のうち誰かが成功したり失敗するのではなく、神様が彼らの願いをそれぞれに叶えて下さったのが重要なのである。要するに、常に神様を崇め、感謝の気持を忘れてはいけないという後世の人々へのメッセージなのであろう。

一年でいいから妻とまた暮らしたいと願った三人目の鉱夫が、時間的には一番長く生きて得をしているから、祈るなら希望は大きな方がいいといった解釈も可能ではあろうが、そんなことよりもこの伝説はやはり、どこにいようと敬神の念が篤ければ神様はいつも見守っていて下さるということが重要なモチーフなのではあるまいか。

＊禁じられた告白

三番目に収録された話、「ハールツの山の精」は不思議な話である。坑道でカンテラの油が切れた二人の鉱夫が出会った、僧の身なりをした大男は、「怖がることはない。何も悪いことはせぬ。

いやそれどころかお前たちのためになることをしてやろう」と言う。

3　ハールツの山の精

（大男は）二人の坑内灯を取ると、自分のランプからそれに油をざあっと流し込んだ。それから彼は二人の坑夫用道具をつかみ、代わりに一時間働いたのだったが、それは彼らが一週間一生懸命骨折って掘り出した量よりも更に多かった。一段落すると大男は言った。「わしに会ったことを誰にも言ってはならんぞ」。そして最後にこぶしで左側の岩壁をたたいたのだ。壁が二つに割れると、二人の坑夫には長い坑道全てが金と銀とでキラキラ光っているのがわかった。不意の輝きに目がくらんで顔を背けた二人が、再びそちらを見た時には全てが消え去っていたのである。もし彼らが鶴嘴かさもなければせめて坑夫用道具でもその中へ投げ込んでいたなら、坑道は開いたままであっただろうに。しかし彼らが目をそらしていた隙に、それは消えてしまったのであった。

しかし彼らの坑内灯には山の精が入れてくれた油が残っていて、それは減ることがなかったから、やはり大儲けではあったのだ。だが、何年か後のある土曜日に気心の知れた仲間たちと居酒屋で大酒を飲んで大笑いしていた時、二人は全ての出来事を話してしまったのである。そして月曜日の朝仕事を始めた時、カンテラにはもはや一滴の油もなくなっていた。こうして彼らは、今や他の人たちと同じように新しい油を注がなければならなくなってしまったのだ。

この伝説は一体何を伝えたがっているのだろう。チャンスは一瞬だから、決してそれを逃してはならないという教訓なのか、あるいは大男の、「わしのことは人に言うな」との言い付けを簡単に破ってしまった二人の愚かしさについてだろうか。

何かを与えられた喜びは初めのうちこそ大きいものだけれど、いつもそれが続いていたならいつの間にか慣れきって、当たり前になってしまう。そう、人間とは「慣れる動物」（ドストエフスキー）なのである。失って初めてその大きさに気づくことがあるものだ。

燃え続けていた油は、二人が言い付けを守っていた象徴のようでもある。それは坑道の闇の中で、二人を導いてくれる光の元でもあったのである。

別なレベルで、二人の鉱夫は禁じられていたからこそ逆に、自分たちの不思議な体験を話してしまったともいえる。

いつの時代の人も、「やってはいけない」と言われたことをついやってしまうものらしい。いや、ついやりたくなるようなことだからこそ、禁じられたことでよりやりたさが募るのかもしれない。

秘密の誓いを破ることで、一度は手にした幸運を失う話は、このほかにもたくさん思い出されるであろう。幸運というものが、一瞬の油断や判断ミスで、泡のごとく消えてしまうくらいに儚いものだということもまた、こうした伝説は伝えているのかもしれない。

不思議な力を持つ男の話

＊たくらみと死を見通す力

伝説の中には、常人では持ち得ない力を持つ者のエピソードが時に登場する。読んで面白く、しかも不気味な雰囲気を合わせもつこうした物語は、伝説の世界を彩る魅力に溢れている。

387　盲目のサビヌス

サビヌス司教（五五五年没）は高齢のあまり視力を失い、全くものを見ることが出来なくなってしまった。

さて、この司教は予言ができると聞いていたトティラ王は、しかしそれを信じようとはせず、自分で司教を試してみようと思った。その地へトティラ王が到着すると、この神の下僕は王を饗宴に招いたのだった。トティラ王は食べようとはせず、老司教の右隣に坐った。その後、召使の少年が司教にワインの盃を手渡そうとした時、王が何も言わずに手を伸ばしてその盃を取ると、召使の代わりに自らの手でそれを司教に差し出したのである。司教は盃を受け取ると、言ったのだ。

「この手に幸あれ！」

自分であることがわかってしまって赤面しながらもトティラ王は、捜していた通りの人を見つけだしたことを喜んでいたのであった。

このサビヌス司教は更に長生きしたので、とうとう副司教は司教になりたいがために、この慈悲深い老人を毒殺しようとしたのであった。彼はワイン倉庫の主人を味方につけてワイングラスに毒を混入させ、いつもサビヌスの昼食の飲み物を運んでいる少年を買収したのである。司教は即座に少年に言った。

「お前が私に運んできたものを、自分で飲んでごらん」

震えながら少年は、こんな殺人を犯して悩み苦しむよりは、むしろそれを飲んで死のうと思った。しかし少年がグラスをまさに口に当てた時、サビヌスは彼を引き止めて言ったのである。

「飲まずに私によこしなさい。私が飲もう。しかし、これをお前に与えた男のところへ行って、私は飲んだが、それにしても彼は司教にはなれないだろう、と言いなさい」

それから司教は十字を切って盃を飲み干したが、何ら危ういことはなかった。

同時刻に、毒がまるで司教の口を通して副司教の内臓に入ったかのように、副司教は別の場所で倒れ、死んでしまったのであった。

ギリシャ神話の盲目の予言者テイレシアスを思い出そう。

何故、彼が盲目になったのかについては、異なった二つの説がある。その一つは、アテナ女神が沐浴しているところを彼が見てしまったからというもの、つまり、女神のあまりに眩しい裸身にテイレシアスの目は耐えられなかった、というのである。

もう一つの説は、盲目になる前の経緯がやや複雑である。

ある時、交尾している二匹の蛇を杖で打って雌を殺したテイレシアスは、突然女に変わってしまった。そして七年後に偶然また交尾している蛇を見かけた彼が、今度は雄を打つと再び男に戻ったのだという。

その後、彼が何故盲目になってしまったのかは、このように説かれている。

ある日、ゼウスとヘラが、男と女のどちらが性交からより大きな快楽を得られるかで言い争ったとき、経験から答えられるたった一人の人物として、彼らが意見を聞いたのがテイレシアスであった。ヘラは自分で男の方が女より性の快楽が大きいと言った手前、テイレシアスが、女の快楽は男の快楽より九倍大きいというのを聞いて怒り、彼を打って、盲目にした。ゼウスは妻の行為を帳消しにはできなかったが、その償いとして盲目のテイレシアスが鳥の話し声を理解できるようにして、彼に外れることのない予言力を与えた。テイレシアスはテバイの近くに特別の住居を持ち、そこで犠牲を捧げる手伝いをしてくれた少年を側に置いて予言を行った。(21)

こんなくだらない議論のために盲目にされてしまったテイレシアスこそいい迷惑であろう。

サビヌスの伝説は二つのエピソードから成っている。まず前半は、視力を失ったサビヌスの霊感について彼を試そうとした王トティラが、噂に違わぬ彼の霊力を嬉しく思ったという話だが、しかし盲目の人は正常な人の何倍もその場の雰囲気を肌で感じ取れる場合もあるのではないか。自分の隣に坐った王を目で見ることは出来なくとも、周囲の雰囲気から感じ取ることは十分可能だったのではないか。〔以前、ある大学で独語を担当した時、少人数のクラスに全盲の学生が二人出席していた。文章を読んで訳して、二人のために私はなるべくゆっくり、はっきり発音したのだけれど、実はそうした配慮は殆ど必要がないほどであった。一度読んだだけで彼らは大半を理解し、むしろ正常な学生の方が「もう一度言って下さい」というほどだったのである。大学図書館にはボランティアが作成した点字の独和辞典もあり、テストの際にも、何等支障はなかった。〕

サビヌスの後半部分も、この聖者の霊感の鋭さについての話と言えなくはない。

毒殺ですぐに思い浮かぶのは、中世イタリアの美女ルクレチア・ボルジアと、近世ロシアの怪僧ラスプーチンである。ルクレチアに美男の兄チェーザレと近親相姦の関係にあったと伝えられる。この兄妹は常に指輪の石の中に粉末の毒薬を隠し、狙った相手の飲み物の中に素早く入れる技術に長けていたという。狙われた方はたまったものではないけれど、しかし「ボルジア家の毒薬」と人に恐れられていた割には、確たる証拠が何もなかったらしく、美男美女と毒薬という取り合わせが悪戯に人々の好奇心を掻き立てたのではないかという気もする。

ラスプーチンは皇帝ニコライ二世の息子アレクセイを血友病から救って、迷信深い皇后アレクサンドラの絶大な信頼を得、次第にロシアでの政治的発言力を強めた人物であった。一九一六年の冬の晩、彼を抹殺する計画は綿密に実行された。

ラスプーチンはまず、出された青酸カリ入りのお菓子を残らず食べた。それでも死なないので、公爵はさらに毒入り葡萄酒をすすめた。が、効果はなかなか現われない。たまりかねた公爵が、隣室からピストルを取ってきて、ラスプーチンの心臓めがけて射った。そこで一たん倒れたが、ラスプーチンはふたたび息を吹き返し、よろめく足で立ちあがった。そして四つん這いで階段をのぼろうとするところを、さらに背中に四発、ピストルの弾丸が射ちこまれた。がっくり崩れた彼の身体は、しばらくするとまた、ぴくりと動いた。恐怖にかられた公爵が、夢中でラスプーチンの頭を、銀の枝つき燭台でめった打ちにした[22]。

この後彼はネヴァ河に投げ込まれたのだが、一説によるとその死因は溺死だったという。毒の盃を出されたサビヌスの行動は、やはり毒杯を仰いで死ぬ直前でさえ平静晴朗であったソクラテスの姿を髣髴とさせる。これはまさに「人を呪わば穴二つ」といった寓話的な話でもある。

＊不思議な少年と死体

もうひとつ、不思議な物語を読んでいただこう。

こちらは、普通の人なら決して感じることのない奇妙な霊力をもったがために辛い思いをすることになった、ある少年の話である。

262　コルマールの少年

コルマールのプフッフェル近くで、一人の少年が家に閉じこもっていた。その子は家の庭のよく知っている場所より向こう側へは決して行こうとしなかった。そこでは彼の仲間たちが楽しげに遊んでいたというのに。

その理由がわからなかった仲間たちはある時、力ずくで彼をその場所へと引っ張って行った。すると少年の髪の毛は逆立ち、身体からは冷汗が噴出したのだ。

気絶した少年はやっと回復した時、その原因を尋ねられた。彼は長いこと言いたがらなかったのだが、とうとう説得されて、「あの場所には人が埋められている」と話し出した。その両手両足はこんな風になっている云々と説明し（少年は全てを正確に描写したのだ）、そして片方の手には指輪が嵌められていると言った。

草に覆われたその場所を掘ってみると、地下三フィートのところに、言われた通りの状態で骸骨が見つかったのである。そして、例の指にはその通りに指輪が嵌まっていた。

遺骨は再びきちんと埋葬された。指輪のことや遺体を掘り出したことを、誰も少しも少年には話していなかったのだが、それからというもの少年は平気でその場所に行くようになった。

この子には、死体が埋まっている場所で、いつもその全体像がもやの中から立ち上ってくるのが見え、そして全てがわかってしまうという特性があった。こうした沢山のおどろおどろしい幻覚のために少年はやつれ果て、命を縮めてしまったのである。

子供には大人の見えないものが見えることがあるのだろうか。三歳ぐらいの子は、まだ母の胎内にいた時のことを覚えているというけれど、それは本当かもしれない。フロイトが言ったように、ある程度大きくなった子供でも、箱や穴の中に潜ったりする母体回帰願望は強いのである。

いやいや生まれてきた世界に対する私どもの関係は、中断の時をもつことがなくては維持しきれないものがあるようです。それで私どもは、ときどきはこの世のものとなる以前の状態、いわば母体内の存在にもどるのです。すくなくとも、胎内にあったときと非常によく似た状態をつくりだします。それはあたたかく、暗い、刺激のない状態です。窮屈そうにえびのように身体をまるめ、胎内でとっていたのと同じ姿勢で眠る人もいます(23)。

このコルマールの少年も非常に霊感が強く、他の人には見えないものがよく見えたようだ。我々も、「後ろ髪を引かれる」とか、「不吉な予感がする」「胸騒ぎがする」等々、時にはこうした気持を抱くことはあっても、的中することは稀だろう。

ただ、親しい友人や身内が死んだ時など、様々ないつもとは違う現象から、死者が別れを告げに来たのではないかといった言い方がされることはある。私の知人は、それまで滅多にしたこともなかった母親の墓参りに行き、その翌週、事故死してしまった。死者が招くということもあるのかもしれない。

テレパシーの人一倍強い人がいるのは確かで、そういった人は墓地などに行くと、実際に死者の声が聞こえたり、あるいは亡霊の存在を肌で感じるというから怖い。しかし、コルマールのこの少年のように、本当にいつでも死者の姿がはっきり見えるのでは疲れるだろうし、神経が磨り減ってしまうのも当然だろう。

アメリカではこうした人間の持つ未知の力を軍事部門に応用したいと考えて、様々な実験を繰り返したようだが、結局解明することは出来ず、数年前に中止してしまったと聞く。如何に科学が進んだとはいっても、やはり解けない謎は沢山あるのだ。

さて、小泉八雲が集めた日本の怪談集に「勝五郎再生記」という、「コルマールの少年」よりずっと不思議な話があるので一部を抜粋しておこう。

文化十二年（一八一五年）生まれの勝五郎という男の子が、自分の生まれる前のことをよく覚えていると言う。それによると、彼は程窪という村で生まれたものの六歳で死に、甕に入れられて山に埋められたのであった。最初は馬鹿にして取り合わなかった親も、勝五郎が同じことを何度も話すので、祖母に頼んで程窪に連れていってもらうことにしたのである。


つやは勝五郎と一緒に程窪へ行った。村にはいった時に祖母は手前の家をさして、

「この家か、あの家か」

と問うたが、勝五郎は、

「まだ先だ。もっとずっと先だ」

と言って先に立って行き、やがてとある家に着くと、

「この家だ」

と言って祖母より先にかけこんだ。それでつやもついてはいっていった。そして主人の名前

を問うと、

「半四郎」

という答だった。妻の名前を問うと、

「しづ」

という答だった。そこで祖母はその家に前に生まれた男の子で藤蔵という子供はいたかどうかとたずねると、いた、という返事だった。

「しかしその子は十三年前に、六つの歳で死んでしまいました」

そこでつやははじめて勝五郎の言うことが本当だと思い、思わず涙をこぼした。つやはその家の人に勝五郎が自分に語って聞かせた前世の思い出について一伍《いちぶ》一什《しじゅう》を物語ると、半四郎と妻もたいへん驚いて、勝五郎を抱いて涙して、藤蔵が六つで亡くなった時よりずっと可愛い、などと言った。勝五郎は懐かれながら向かいの屋根を指して、

「前にはあの屋根はなかった」

とか、

「あの木もなかった」

とか言ったが、みなみなその通りであったから、半四郎の頭からも妻の頭からも疑念はまったく消えて、これは藤蔵の生まれ替わりに相違ない、と思うようになった。(24)

八雲はこの話の最初に書いている。

「次の話は創作した物語ではない――少なくとも私が創作した物語の一つではない。それは日本の古い記録を一つ訳出したものにしか過ぎない。一つの記録というよりは一連の文書で、たくさん署名があり、いろいろ判が押され、時代はこの十九世紀の初頭にさかのぼるものである。(後略)」

つまり、勝五郎に起きた出来事は事実だった可能性が非常に高かったということなのではないだろうか。不思議な話である。

＊狐と犬神と子ねずみをめぐる不思議な夢の話

不思議な話は、仮にその謎が解かれていなくても、充分に聞く者を楽しませてくれる。こうした話がいくつも伝わっているのは、きっと私たちがそれを好むからなのだろう。

次のドイツの伝説も、独特な印象を残す物語である。

248　子ねずみ

テューリンゲン地方ザールフェルト近郊のヴィルバッハにある高貴な貴族の領地で起こったことだ。

奉公人たちが小部屋で果物の皮をむいていると、一人の女中が眠くなって他の人たちから離れてゆっくり休むために、それほど遠くないところにあった長椅子に横になった。

女中がしばらく静かに横になっていると、その開いたままの口から一匹の赤い子ねずみが這い出してきた。ほとんどの奉公人たちがそれを見て、お互いにうなずき合ったのだ。子ねずみはちょうど開いていた窓の方へ急いでそっと出て行くと、しばらくの間戻ってこなかった。

この出来事がおせっかいな侍女の好奇心をそそり、他の人たちがどんなに止めさせようとしても、侍女は魂の抜けた女中のところへ行って彼女をブルブル揺り動かし、少し前方の別の場所へ身体を動かした後、再び立ち去ったのである。

その後間もなく子ねずみは再び戻って来て、女中の口から這い出した前と同じ場所へ走って行った。あちこち走って、かつて知ったところに到達することが出来ないと、子ねずみはどこかへ行ってしまった。女中はしかし死んでしまって生き返らなかった。あの好奇心の強い侍女は後悔したが、手遅れだった。

その他に、同じ城で一人の下僕が、以前しばしばトルーデおばさんに押え付けられたりして、絶えず悩まされていたのだが、こうしたことがこの女中の死と同時になくなったのである。

日本にも昔から「狐憑き」や「犬神」、「イヅナもち」等の話は多く、地方によってはそのため村八分にあったり、一家が虐殺されてしまったりといった深刻な出来事も少なくはなかったのである。

憑き物の伝えが残る地域は特に出雲地方、四国、大分等に多く、関東以北にはほとんどないのが興味深い。

石塚尊俊氏の『日本の憑きもの』（未來社）は、明治時代以降の比較的新しい「憑き物」の例が載っていて、参考になる。たとえば、種子島の話を簡単にまとめてみよう。

行者に攻め立てられたイリガミ憑きが耐えきれずに家を飛び出して、よその家の門口に倒れると、そこが犬神をけしかけた家とされてしまう。その時、問題はその家の態度である。内心では憤っていても、仕方がないとその患者の家へ、自分がけしかけたことにされている犬神を連れ戻しに行く。竹籠の中に食物を入れて病家へ行き、「おう、お前はここにいたか。ここはよその家だ、早く帰ろう」と言って、持って帰るというのだ。これを「犬神づれ」というらしい。同島ではこんなことが何度も続くと、多くの犬神筋の者ももうすっかり見限って、憑かれたと称する者が騒いでいる間、長ければ数ヶ月間も山村中の藁小屋で隠棲し、そのまま住みついてしまう者もあった。

次は四国、愛媛県のある部落の話を引用しておく。

ここは三、四十戸の小村であるが、その中のUという家が犬神筋だとされ、それはこの家の当主の母親が、他村の犬神筋の家から嫁入って来たためにそうなったのだという。この母親なる人が部落のだれかれに憑くという噂がたち、病人が口走ったりするので、そうした事件が起こると、よくその母親なる人のつれ合い、つまり当主の父親がその家に行き、「さあ一緒に家へ帰ろう」と、誰の眼にも見えぬ妻の生霊をつれ戻そうとしたものであるという（民間伝承一四の五、曽我鍜氏稿）。

石塚尊俊氏は「石見外記」などに所収されている犬神の図などから、犬神とはヂネズミなのではないかと推論している。「島根県邑智郡では、犬神が一番嫌うものはフクロウで、フクロウは犬神をとって食う。それで犬神除けにフクロウの爪を掛けるというが（山陰民俗三号、船津重信氏稿）、そこらあたりも、ヂネズミが殊に夜間に出歩くという習性に一致して来る。」

こうした延長で考えるならば、「子ねずみ」の伝説もドイツ版「犬神にとりつかれた女中の話」ということになるだろう。日本でも狐憑きにあうのは男よりも女の方がはるかに多く、しかも大半は若い二十代だそうだ。性格がそれぞれ違っているのは当然としても、やはり普通の人と較べると異なる人が多いという。「山陰民俗」（一九号）に掲載された医師堀井度氏による「狐憑きの発生因子に関する研究」から一部を引用する。

狐憑きで死に至るものは稀である。3の死亡せる例は、一ケ月に及び、然も初回発作であり、之は広義のものに属し、他の病で死亡せるものと推定され、23の例に三ケ年の長期にわたり、数十回の発作があり、最後に縊死しているが、精神病によるものと推定される。普通短時日で治るものである。[25]

要するに狐憑きや犬神といった現象は、悉く一種の精神病なのではないかといった説は日本でもかなり古くからあったということだ。ただ、近代科学が発達する以前、人々がこうした原因を悪魔や身近にいる小動物に求めたのは仕方のないことだったかもしれない。

寝ている人間の鼻や口から小動物が飛び出してくる話は日本にもあるのだが、結末はドイツの伝説と大分異なっている。いくつか似たような話がある中で、日向西臼杵郡に伝わる「夢を買うた三弥大尽」[26]という話は、私にはとても印象深い。

むかし日向国の三弥という大金持ちが、まだ貧乏な旅商人であった時、夏の日に仲間の者と二人づれで、或山路を越えて寂しい高千穂の村へ入って行きました。あんまり暑いから少し休もうと言って、路の横手の樹の蔭に横になって、友だちは直ぐに睡ってしまいました。それを三弥がまだ起きて見ていますと、一匹の蜂が寝ている男の鼻の穴から飛び出して、どこか遠くの山の方へ飛んで行きました。妙なことがあるものだと思うと、やや暫くしてその蜂は還って来て、再びその男のまわりへ来ていなくなりました。それから眼を覚ましてその友だちが言うには、今実に珍しい夢を私は見た。なんだかこの近くの山でもあるらしかったが、あるいて見ると一谷が、金で一ぱいになっている所があったと語りました。それはまことによい夢だ。それを私に売ってくれぬかと言いますと、夢なんか何になるものか、ばかなことを言うといいましたが、とうとうお酒か何かこの男の好きなものを遣って、夢をこちらへ買い取ることにしました。それから幾日かの後に、三弥は又一人でこの土地へ戻って来て、毎日毎日一しょう懸命になって、山という山を探しまわりました。そうしておしまいに見つけ出したのが、外録という金山であったそうであります。それが三弥の一代の間、夢で見た通りに莫大の金を出して、またたくうちに九州一の大尽になりました。不思議なことにはこの人が死んでしまうと、すぐに大地震が起って山が崩れ、今ではその跡は一つの沼になっているということであります。

（日向西臼杵郡）（要約）

ドイツの伝説「子ねずみ」と日本の「夢を買うた三弥大尽」との違いは明らかだろう。どちらも眠っている人間の体内から小動物（あるいは昆虫）の出てくるのは同じだが、「子ねずみ」の女中の夢は我々にはわからず、しかも彼女は金持ちになるどころか死んでしまった。

アールネとトンプソン共著の The Types of the Folktale を参照すると、こうした話はＡＴ

1645 The Treasure at Home（家の宝）型に分類されるようだ[27]。

ある男が、もしある離れた町へ行けば、とある橋の上で宝物が見つかるだろうという夢を見る。宝物は見つからず、彼は自分の見た夢を別の男に話す。するとその男も、とある場所に宝物があるという夢を見ていたのだ。男はその場所の図を描いたのだが、それは最初の男の自宅であった。彼は家に引き返し、宝物を見つけたのであった。

これ以外にも1645には、1645A（Dream of Treasure Bought）と1645B（Dream of Marking the Treasure）とが掲載されている。いずれの話も、体内から出た動物の周った場所に宝があるという夢が現実になるところに力点があり、眠っていた女中が金持ちになることもなく死んでしまう「子ねずみ」の伝説はむしろ例外といえるだろう。

もう一つ、『日本の昔話』（柳田国男）から「蛸島の虻[28]」をご紹介しておこう。これは時代がはっきりわからないものの、場所は能登国と明記されており、昔話というよりはむしろ伝説といったほうがいい話である。

昔、能登国蛸島の港の人が、若い者たちを連れて小舟で鯖を釣っていると、面白いほどよく釣れた。退屈して寝てしまった漕ぎ手の若者を主人がふと見ると、三匹の虻が彼の鼻の穴から出たり入ったりしていた。不思議に思って若者を揺り起こすと、彼が言うには、「今、実に珍しい夢を見ていました」とのこと。「村の丸堂から三体の仏様が三匹の虻になって飛んでこられたのを見届けようとしていたら、起こされたのです」。

奇妙な夢だと思った主人は、「今日の鯖を全部やるから、その夢を私に売ってくれ」と彼に頼んだのだ。「そんな夢を買って下さるなら、いくらでも売りましょう」と、鯖をもらって若者は喜んで帰って行った。すぐに主人が村の御堂へ行ってみると、果たして夢の通り、壁の隙間から三匹の虻が出入りしているではないか。その虻をそっと笠に入れて帰宅し、座敷で開けてみると、それは一寸八分ほどの美しい御仏様であった。三つとも家に置いては欲深すぎると思った主人は、一体を寺へ、もう一体を弁天島という島へ納め、残りの毘沙門様だけを今でも家で祭っているということだ。(要約)

この章の最後に、『日本書紀』より天国排開《あめくにおしはらき》広庭《ひろにわの》天皇《すめらみこと》欽明天皇の夢についての部分を引用しておこう。ここでも夢が非常に重要視されていたことがわかるのだ。巻十九は第二十九代欽明天皇の一代記である。

天国排開広庭天皇は男大迹《おおどの》天皇《すめらみこと》(継体天皇)の嫡子である。母は手白香皇后《たしらかのきさき》と申しあげる。父の天皇はこの皇子を愛されて、いつもお側に置いておられた。天皇は幼少の時に夢を見られた。その夢で、ある人が、「天皇が、秦大津父《はだのおおつち》という者を寵愛なされば、成人されて、必ず天下をお治めになるでしょう」と申し上げた。目が覚めると、使者を遣わしてあまねく捜し求めさせ、山背国《やましろのくに》の紀伊郡《きのこおり》の深草里《ふかくさのさと》で見いだした。姓名は確かに夢でご覧になったとおりであった。そこで喜びがお身体に満ち、珍しい夢だとため息をつかれた。そうして告げて、「お前に何かあったか」と仰せられた。答えて、「何もありません。ただ私が伊勢に出向き、商いをしての帰途、山で二匹の狼が噛み合って血に汚れているのに遭いました。そこで馬から下りて、口をすすぎ手を洗い、祈請して、『あなたは貴い神で、荒々しい行為を好まれます。もし猟師に出会ったなら、たちまちに捕えられるでしょう』と言いました。そして噛み合うのを止めさせて、血で汚れた毛を拭い洗って放してやり、二匹とも命を助けました」と申しあげた。天皇は、「きっとこれが報われたのだろう」と仰せられた。そうしてお側近くに仕えさせ、ますます厚く待遇なさり、たいそう裕福になった。天皇が即位されるに及んで、大蔵省《おおくらのつかさ》に任じられた。[29]

「夢の解釈は、魂の認識に到達するための王道である」とフロイトは『夢判断』の中で語っている。古来、戦や恋や占い等々、夢を解く鍵は人々にとってたいへんに重要であったのに、近代になってからというものそれは逆に非常に軽んじられるようになってしまった。だから、「たかが夢ではないか……」という人々の認識を、学問的研究の裏づけによって再び逆転させたフロイトの功績は大きいと言わねばならない。今日の夢判断では精神分析が巫女や占い師に取って代わっている。

また、最近の科学的研究によると、六十歳の人では、眠っている間に少なくとも五年間は夢を見た勘定になるという。「睡眠時間が生活の三分の一を占めるとして、眠りの約二五パーセントは夢で占められるから、大方の場合、夜の夢は人生の十二分の一を占める」[30]ことになるのである。

イギリスやイタリアでは、「真夜中前の夢はただの夢だが、それ以降は正夢」といった言い伝えがある。「朝の夢は正夢である」(Morning dreams are true.)という諺もあるほどだ。

欽明天皇が夢をご覧になったのも、きっと明け方だったのではないだろうか。

3　罪と罰の物語

城の中の兵士（バルトブルク）

無実の叫び

＊濡れ衣を着せられた乳母の呪い

罪と罰もまた、伝説の中の重要なモチーフである。身に覚えのない疑いを掛けられ、失意のうちに世を去るといった状況は、人々の現実の中にこそ多く見られたのかもしれない。こんな伝説を読んでいただこう。

261 長男の死

二、三百年前、ある高貴な一族に起こったことだ。最初の子であった幼い男の子が、朝ベッドの中で乳母の隣で死んでいるのが見つかった。人々は乳母が故意に子供を押し潰したのだと恨みに思った。そして彼女がすぐ身に覚えがないことを誓ったのに、死刑の判決が下されたのである。

さて、乳母がひざまづいてまさに一撃を加えられようとした時、彼女はもう一度、「私が潔白なのは、将来この一族に長男が生まれるたびに死ぬことになるのと同じぐらい確かなこと」と言った。そうすると、一羽の白い鳩が乳母の頭上を飛んでいった。その後、彼女は処刑された。

だが、予言は実現し、この家の長男はいつも大人になる前に死んでしまうのであった。

この出来事がいつ起こったのかはよくわからないし、成立年代も場所もはっきりとはしていない。語り手はこの高貴な一族に遠慮をして、名前や場所を明示しなかったのかもしれない。しかしいかにも、現実にあったのではないかと思わせる話である。処刑された乳母の予言の有無にかかわらず、かつて、子供が無事成人する確率は、現代の比ではないくらい低かったのだから。ある一族の嫡男がとりわけ体が弱く、幼くして死んでしまうという話も、決して珍しいことではなかっただろう。

このエピソードの中で、幼い長男がベッドの中で死んでいた原因は不明である。しかし、遺族としては誰かに責任をとらせなければ何とも遣り切れないという思いだったのだろう。添い寝をしていた乳母に窒息死させた疑いがかけられるということも、やはりありそうな話ではある。やっかいなことに、やったことは証明出来ても、やっていないことを証明するのはとても難しい。

彼女は無実を誓ったというのに、結局死刑判決を受けた。こうした宣誓は大昔には、偽証すれば呪力の復讐を受けると考えられており、キリスト教では神による制裁があるとされていた。敬虔なクリスチャンにとって神の前で偽りを述べるなど、とても考えられないことであろう。

さて、乳母の無実の誓いは聞き入れられず、「この一族の長男は生まれるたびに死ぬだろう」と予言して、処刑されてしまった。その時、頭上を飛んでいった一羽の鳩は、ギリシャ神話で人間の誕生、運命、死を支配する運命の三女神モイラたち（Moirai）を連想させる。これら女神たちには、人間の生を支配し、誕生の瞬間にその全生涯をも決定する役割があると言われている。次にギリシャ神話から引用しておこう。

メレアグロスが生まれて七日後、運命の女神たちは彼を生んだ母親の前に現れ、おりしも炉の中で燃えている薪が燃え尽きるとき、赤子は死ぬだろうと言った。母は炉の中から燃え木をとりだし、その火を消したので、メレアグロスは成人した。しかし、猪狩りの折、口論がもとでメレアグロスが母の兄弟を殺したことを知った母は怒り、あの燃えさしの薪をふたたび炉の中へ投じた。すると、メレアグロスは突然世を去った。(31)

ギリシャで鳩は「生命の甦り」を象徴する鳥とされており、特に、オリーブの枝をくわえた鳩は女神アテネの標章である。また、鳩は、「生命の霊、魂、ある情況あるいは世界から別の情況あるいは世界への移行、光の霊、貞潔、無垢、優しさ、平和をあらわす(32)」という。

別なレベルでこの伝説は、ヨーロッパ絵画によく見られる溺死の殉教者の口から生まれ出る鳩を象徴させているのかもしれない。特に白鳩の場合は、その美しさ、優雅さ、鳴き声の優しさで、女性を讃える最も普遍的な比喩表現に数えられる。伝説は、乳母の頭上を飛ぶ鳩で、暗に彼女の無実を伝えようとしたのかもしれない。

乳母の予言は現実となって、一族の長男はいつも幼くして死んでしまったという。これは、無念の思いで死なねばならなかった人間の怨念の話なのである。そして、そうした者は、かの時代において、決して少なくはなかったに違いない。

次も、濡れ衣によって死なねばならなかった騎士の話である。

479 罪なき騎士

子供王と呼ばれたオットー三世(九八〇―一〇〇二年)は、宮廷に一人の気高い騎士をかかえていた。

アラゴニア生まれの王妃マリアは、この騎士と情を通じたがって、彼に迫った。騎士は驚いて、言った。

「そんなことは、とんでもないことでございます。そんなことになりましたなら、私と帝の名誉が大変に危ういことになりましょう」

そして、彼は王妃の前から立ち去った。

騎士が怒りに包まれて自分から去って行くのを見た王妃は、皇帝のところに行くと、おもねる様に言ったものだ。

「あなた様の宮廷には、なんていう騎士がいらっしゃるのかしらね！　彼らのうちの一人が、私を陵辱しようとしましたのよ」

帝はこれを聞くと、すぐに騎士を捕らえさせ、その首を切らせてしまったのである。だが、騎士の首からは赤い血ではなく、白いミルクが流れ出たのだ。

この驚くべき様を見た皇帝は、「これは何か正しからぬことがあるぞ」と叫ぶと、王妃を呼ばせて、厳しく真実を問うた。王妃はうろたえて帝の足元に平伏し、慈悲を願ったのだが、厳格な裁き手であった帝は、嘘をついた王妃をこの犯罪故に捕らえさせ、火あぶりの刑にさせたのだ。

帝はこの後、生涯に渡って妻も跡継ぎも持たなかったのである。

首を刎ねられた彼から流れ出たのは赤い血ではなくて、白いミルクであったという。聖書では、ミルクは身体的、精神的な糧とされており、美しき羊飼いであるキリストがよくミルク椀を持って描かれる。また、初期のキリスト教徒たちは信仰が深まっていくのと秘蹟の享受を、精神的哺育にたとえているのだが、その際、彼らの出発点となったのは、パウロによる「コリント人への第一の手紙」中の次の言葉であった。

兄弟たちよ、わたしはあなたがたには、霊の人に対するように話すことができず、むしろ、肉に属するもの、すなわち、キリストにある幼子に話すように話した。あなたがたに乳を飲ませ、堅い食物は与えなかった。食べる力が、まだあなたがたになかったからである。（第三章一―二節）

ミルク（乳）は永遠の命という意味も獲得したため、小さな容器になみなみと注いだ乳を羊に飲ませようとしている羊飼いが、多くのフレスコ、石棺に描かれたのである。[33] 中世に人気のあった描写は、真理の乳を与える良き母を、自分の乳房で蛇を育てる悪しき母と好んで対置している。ヨーロッパの美術館を巡ると、幼子イエスに乳を与えるマリア像が数多く見られる。マリアの乳は、中世には豊かな母乳を望む多くのキリスト教徒によって特別に崇拝された。つまりそれは霊魂不滅の糧なのである。

恐らく、中世においてこの伝説はとても良く知られていたのだろう。ブリュッセルにある王立美術館（The Royal Museums of Fine Arts of Belgium）の一室にはディルク・バラツ（一四一〇年頃〜一四七五）による「皇帝オットーの裁判」の様子を描いた二枚の大きな絵が飾られている。元々これらの絵は、ルーヴァン市が裁判所ホールに裁判の名場面が教訓的に描かれた絵を飾りたくて、画家に依頼したものであった。

皇帝オットーの裁判（ベルギー王立美術館）

絵の内容はグリムの伝説とはやや違って、処刑された伯爵の妻が夫の無実を証明すべく、皇帝のいる法廷で灼熱した鉄棒を握ってみせるのである。神の恩寵により彼女の手は何事もなく、自らの誤審に愕然とした皇帝は妃を火刑に処したのである。

一枚目の絵は処刑された伯爵の頭部を白い布を広げて受け取る妻の姿、そして二枚目は裁判の様子だ。オットー帝の前にひざまずいて右手に焼けた鉄の棒、左手に夫の生首を抱える赤いドレスを纏った妻の姿はなんとも凄まじく、作品からは彼女が如何に夫を愛していたかがひしひしと伝わってくる。そして遠くの方では、嘘をついた妃が火刑に処されている。

この伝説の舞台となっている十世紀は、神による奇跡が好まれた時代であった。たとえば、神に一生を捧げて奇跡を起こし、人々を救う聖女が出現してくるのは七世紀後半から八世紀前半にかけてである。

修道院に入る女たちはキリストの妻として生涯処女であることを誓い、その時の儀式（祝別式）は十世紀以降特に豪華で、ドラマチックなものになったという。(34)

こうした聖女は十一、二世紀に一旦、数も割合も落ち込むのだが、十三世紀以降は再び復活してきたのであった。

この伝説もやはり一種キリスト教のプロパガンダなのであろう。だからこそ、家臣を信頼もせず殺してしまったオットー三世の間抜けさなどは問題にもしていないのである。

＊試された貞節

疑惑といえは、男女の仲についてのエピソードを想像することもまた自然であろう。次にご紹介するのは、嫉妬と疑いに我を忘れた愚かな王の伝説である。

491　皇帝ハインリッヒがお妃を試したこと

ハインリッヒ五世は、ルーデケ（リューティッヒ）にある聖ランプレヒト大聖堂に仮葬されていた自分の父ハインリッヒ四世（一〇五〇―一一〇六年）の遺骸をどのようにしたら良いものか、諸侯たちに相談した。諸侯たちは、ローマへ使者を送るまではハインリッヒが父を掘り起こして、ある聖別されていない大聖堂に横たえておくよう助言したのである。父ハインリッヒ四世の最期はこうしたものであった。

悪漢王ハインリッヒと言われていた父は、自分が見つけた国中で一番の駿馬を縛ってライン川へ投げ込み、溺死させたこともあった。彼は自分の騎士たちの一人にお妃への愛を囁かせたので、お妃は苦悩した。騎士が更に迫った時、お妃はこう言った。

「自分は、帝が勧める通りにしたいと思います」

お妃からこの話を聞いた皇帝は、馬に乗って出かけるふりをしたのである。外出したと思わせて、帝は例の騎士の服を着ると、夜お妃の所へとやって来たのだ。

お妃は既に、女の衣装を着せて棍棒を持たせた屈強の男どもを自室に待機させていた。彼らは皇帝をひっとらえると、ひどく痛めつけたので、帝は「余は皇帝じゃ」と叫んだのである。お妃はびっくりして、「陛下、私に悪さをなさいましたのね」と言ったのである。


悪漢王ハインリッヒ（Kaiser Heinrich der Übele）と呼ばれた皇帝のエピソードである。彼は、名馬を紐で縛ってライン川に放り込み、溺死させてしまうようなことを平気でやる男だったのである。

妃を試そうとして、逆に自分の方が散々に打ちのめされてしまう結末はとても愉快だ。人々は悪漢王に対してこんな他愛も無い話を広めて、彼の悪行への溜飲を下げていたのかもしれない。

この悪人の末路の哀れさは、私にあのドラキュラのモデルであるヴラド・ツェペシュを思い出させる。ドラキュラ公はトルコ軍との乱戦になった時、味方をはぐれて孤立し一計を案じる。彼は、地上に放置されたトルコ軍兵士の死体から衣服をはがし、トルコ軍兵士になりすましたのだ。

領主ともあろう者が、命欲しさに敵の一兵卒に変装するなどとは、名誉を重んずる者ならば絶対にしないことだ。しかしドラキュラ公が、そんなことを意に介するはずはなかった。確かに変装が功を奏したのか、トルコ軍の目をごまかして危機を脱したかにみえた。しかしドラキュラ公の暴虐さに対する皮肉な運命は、その直後に彼を襲ったのである。

ドラキュラ公は味方をみつけると喜んで近よっていった。そのとき彼らは、トルコ軍兵士の服を着ているドラキュラ公を見分けることができず、いきなり切りかかられてしまったのだ。いまや興奮と喧噪のなかで釈明もできず、五人ばかり切り伏せたものの、槍の一本が深々とドラキュラ公の胸に突き立てられたのである。(35)

＊親に背いた子の代償

次に読んでいただくのは、凄まじい呪いの話である。母と娘の意地の張り合いは、結局死んだ母親の呪い勝ちであったものの、死後も娘の未来を支配しようとする親とは一体何なのだろう。

230　石の新床

ドイツ領ボヘミアに天辺が二つに分かれ、あたかもその上にベッドが作られているかのような岩がそそり立っている。この岩には次のような言い伝えがある。

以前そこには、ある貴婦人が一人娘と住む城が立っていたという。この娘は母親の意に反して近所のある若殿を愛していたのだが、母親は娘が彼と結婚するのを決して許そうとはしなかった。しかし娘は言いつけを破り、母親の死を待ってその後結婚するという条件で、密かに彼女の恋人と婚約してしまったのである。

しかしながら、死ぬ前にこの婚約を知った母親は厳しい呪いの言葉を口にして、神がこの呪いを聞き届けて娘の新婚の床を石に変えてくれるようにと熱烈に願ったのである。母親は死に、言うことを聞かなかった娘はフィアンセと結婚した。結婚式は岩の上の城で華やかに行われたのであった。二人が花嫁の小部屋に入っていった真夜中頃、周囲に住む人々は、物凄い雷の落ちる音を耳にした。

次の朝、城は消えており、岩山に通じる道もなくなっていた。頂上では花嫁が石のベッドに坐っていた。このベッドを今でもはっきりと見ることが出来る。誰も彼女を救い出すことは出来なかった。急斜面をよじ登ろうとした者たちは、みんな転落してしまったのである。そうして彼女は空腹にひどく苦しんで、餓死しなければならなかった。

遺骸は烏たちについばまれた。

子供を自分の所有物と見做すことが多い日本の親子関係に較べて、ドイツの場合一般に親子関係はとてもクールにさえ見える。例えば日本人が自殺する時、子供を道連れにする親が多いのに、ドイツでそのような話はほとんど聞いたことがない。子供は一つの人格を持っており、決して親の所有物ではないから、多くの場合親は子供を残して死ぬ。

しかしこの伝説の母親は、自分が死んだ後も決して娘を許そうとはしなかった。つまりは彼女にとって、娘の恋人はよほど気に入らぬ存在だったということだ。母親の立場から見ると娘の幸せを願う以前に、兎に角親の言いつけに背く子供の態度が許し難かったのである。だからこそ彼女は激しい呪いの言葉を口にして、娘の新婚の床を石に変えてくれるように神に懇願し、神はその言葉を聞き入れてくれた。

宗教改革者マルティン・ルターを思い出そう。彼は一五二四年に出版された書簡「ドイツ全都市の市参事会員へ――キリスト教的学校の建設と維持に努力されんことを」の中で、古いモーセの掟を引き合いに出して、「反抗する子供は裁判にかけて殺すべきだ」と要請している。ルターは更に続ける。

> 両親もしくはお上に逆らう者は、神そのものを侮る者である。もしもお前が父や母の言うことを聞こうともせず、またすなおであろうともしないならば、死刑執行人の言うことを聞け。それがいやなら、拷問台の言うことを聞け。それは死だ。[36]

ルターが聖書を翻訳した部屋（アイゼナハ・ヴァルトブルク城）

この伝説の厳しい結末は、こうした考え方を背景に成立したのではないだろうか。昔、女の立場は非常に弱く、結婚ですら父親の意思に従う状況は日本とも良く似ていた。仏教で女人禁制の場所は多かったし、初期、中世キリスト教も女は全く救われない存在であったから、聖女たちは聖書が述べる「すぐれた性」であるところの男性に少しでも近づくことで救われようと、男装する場合もあったのだ。

実際、聖書『創世記』には、「主なる神は人から取ったあばら骨でひとりの女を造り、人のところへ連れてこられた」と書かれているではないか。ローマ教会の、「異端にして聖女」という奇妙な立場となったジャンヌ・ダルクも男装していたことは夙《つと》に知られている。

さて、「石の新床」の娘には、素直に母親の言うことに従うか、あるいは死ぬかの二つの選択しかなかったのである。しかし娘にそんな厳しい認識などはなく、母親が生きている間だけは表面上言い付けを守って、死んだ後はやりたいようにしようとした。娘の裏切りに激怒した母親の拠り所は夫（父親）がいるなら本来そちらになるのだろうが、テキストからその存在は窺えず、ひょっとするとこの母親は夫に捨てられたか、あるいは夫婦生活に失敗していたのかもしれない。そうだとすれば、殊更同じようなタイプの男に用心深くなるのは当然だし、男そのものに不信感があったのかもしれない。

夫がいないか、頼りにならないとなれば、彼女の拠り所は当然神しか残っていなかっただろう。そして母親の願いを受け入れた神が、娘の我侭を決して許さず、娘が最後には烏の餌食となったという結末に、我々は激しい戦慄を覚えるばかりである。

＊リンゴを貫いた正義の矢

この話はシラー（Friedrich Schiller: 1759-1805）の戯曲によって世界的に知られている。舞台はスイス。現在ルツェルンの町に行くと、テルの銅像が立っているが、シラー自身は一度もスイスを訪れることなしにこの作品を書いたそうだ。

比較的長い話なので、次によく知られた場面のみ簡単なあらすじを載せておこう。

518 ヴィルヘルム・テル

悪代官ゲスラー（Geßler あるいは Gißler）は、棒の上に帽子を載せて、「この前を通る者は皆この帽子に、私に対してするのと同じように頭を下げよ」とのおふれを出した。信仰心厚いテルは一度もその帽子に頭を下げず、代官の前に引き出されてしまう。代官は弩《いしゆみ》の名手であったテルに、「お前の子の頭の上に林檎をのせて、それを射ろ！」と命じたのだ。逃げられぬと悟ったテルが仕方なく矢を番えて射ると、それは見事に林檎に命中したのである。子供はかすり傷一つ受けなかった。

グリムの注を見ると、最初にこの伝説がまとめられたのは一七六四年、ルツェルンのペーター・エッテルリンなる人物によってである。その後、一八〇四年に書かれたシラーのこの戯曲は、彼の遺作となった。

愚かな権力者は、時としてやはり尋常では考えられないような馬鹿らしい政策を行ったり、どうでもいい些細なことを重大に捉えたりすることがあるようだ。こんな権力者は、得てして何でも言うことを聞く取り巻きがいるのが普通だから、馬鹿にますます馬鹿になるのだ。

悪代官が示した帽子を敬えという命令は、要するに彼がそれを権力の象徴と見なしたということだが、これは何もこの悪代官が特別な行動をしたのではないだろう。例えば、当然王の持ち物である王冠は、威厳、正義、名声、歴史、責任、更に栄光、名誉、美、勝利等々を象徴し、王冠をいただく頭と関連して、知恵、洞察力、高邁な思想をも表している。

しかし、愚か者がこれを被った場合には、悉く反対の意味になっていく。つまりそれは、野心、傲慢、暴虐、虚栄心、誤った知識等々といったものだ。シェイクスピアが『ヘンリー四世』の中で、「王冠を戴く頭に安らぎはない」(Uneasy lies the head that wears a crown.)と書いているのもよく理解できる。

悪代官が自分に敬意を払わせるために示した帽子とは、本人にとっては王冠のつもりだったのではあるまいか。愚かだが、ありそうな話である。

シラーの『ヴィルヘルム・テル』は明治期に日本で最初に翻訳されたドイツ文学作品であったにもかかわらず、その後シラーの人気はあまりぱっとしない。考えられる理由の一つとして、やはり戯曲(やオペラ)という形式が日本人にあまり馴染まないということがあるのかもしれない。

いじめと復讐というモチーフ

＊仕返しをする小人

弱い者が強い者に虐げられ、復讐する話も、伝説集の中には多い。日常的に強者から踏み付けにされていた弱者の心理を考えれば、そうした物語が伝えられるのも無理はない気がする。

これは弱い者いじめの、悲しすぎる話である。

１４９　岩の上の小人

大きな岩の上に坐って、そこから干草の取入れを見物するのが小人たちの習慣だった。しかし、二、三人の悪戯者がその岩の上で火を起こして熱くし、その後すべての燃えカスをさっさと片付けておいた。朝、やって来た小人たちはひどい火傷をしてしまい、激しく怒って叫んだ。

アー、嫌な世だ、嫌な世だ！

そして、復讐を叫ぶと、永久に消えてしまった。

自分たちとちょっと外見が違っている者や、何であれ少し能力が劣っている者を差別しようとするのは、残念ながら世界のどこにでもあることなのだろう。それを克服するのはヒューマニズムや他人への思い遣り、優しさというものだが、社会がある程度成熟しなければ、いじめをなくすのはなかなか難しいのかもしれない。被害者側がいかに深刻に悩もうとも、加害者側はそれをますます愉快に感じるのだから始末が悪い。加害者には大した罪悪感など初めからありはしないし、ただ面白いからいじめるのである。意地の悪い人はどこにでもいて、だからこそ争いごとは絶えないのだろう。

岩の上に腰掛けて、のんびりと草刈を眺めていた小人たちは悪いことなど何もしていないのに、悪意ある悪戯をされ、さぞや驚いたに違いない。「嫌な世だ！」という台詞は、彼らの心情を率直に述べたものだろう。

小人たちに大火傷を負わせた二、三の悪戯者たちは、自分たちが同じ目に遭わなければ、他人の気持を理解することなど出来ないのかもしれない。殴られて初めて痛みがわかるのである。

ところで『遠野物語』にも、自分と違う異人に、焼けた餅に似せた石を食わせて殺してしまう話が載っている。

二八　遠野の南部家が入部した後、初めて半分ほど早池峰山への道を開いたのは、附馬牛村の某という猟師である。ある日のこと、彼が山の仮小屋の炉で餅を焼いて食っていると、外から中を窺う坊主がいた。そのうち山小屋の中へ入ってきて珍しげに餅の焼けるのを見ていたのだが、我慢できずに手を伸ばして食ってしまった。恐ろしくなった猟師が更に餅を与えると、坊主は嬉しげに更に食い、全部食い終わると帰って行った。次の日もまた来るかもしれぬと思った猟師は、餅そっくりな白い石を二、三個炉の上に置いて、火のように熱しておいた。すると予想した通り坊主が現われて、昨日と同じように食い始めたのである。最後に例の白石も同じように口に入れると、びっくりして小屋を飛び出したまま戻らなかった。後に、谷底でこの坊主の死体が見つかったということだ。

柳田国男は、猟師によって焼石を食わされて死んだこの坊主を山人と考えていた。彼の言う山人とは、古来から日本に住んでいた先住異族のことであり、山中で生活し、村里の人たちとは異なった容姿、習俗を持つ人を指す。柳田自身、昭和九（一九三四）年から三年間山人の実在を確かめるべく弟子たちと全国の山村調査をしたのだったが、突き止めることは出来なかった。

別なレベルで、この話は「大和朝廷によって征服された蝦夷の末路を描写した衰亡史のある一面ともみることができる[37]」との説もある。

そういえばケルト神話でも、妖精はトウアハ・デ・ダナン（ダーナ女神の巨人神族）だったのが、後からやって来たミレ族に破れ、地下で妖精の国を作ったとされる。それが次第に縮んでいき、小さい人たち（妖精）になったというのである。伝説集に登場してくる小人たちにどこか通じるものがあると思われるのだが、どうだろう。

＊ユニークな狂言回しを演じる帽子小僧

75「帽子小僧」は、六つの小さなエピソードからなっている愉快な話である。

まず初めはヒルデスハイムの僧正の邸に住み着いて、いつも小さな帽子を被っているところから帽子小僧と呼ばれる精（ein Geist）についての説明である。恐らくこれら六つの話は、僧正について語るところを、一種の座敷童子のようにユニークな帽子小僧という存在を登場させて、聞き（読み）手に面白おかしく伝えようとしたものだと考えられる。

それぞれ互いには何の関連もない六つの小話を簡単にまとめると次のようになる。オムニバス小説のように、帽子小僧だけがすべての話に共通する作りである。

（1）家臣の妻にちょっかいを出した伯爵が復讐されて殺され、一族が滅亡する。

(2) 兄弟の遺産相続の争いを帽子小僧が手助けする。
(3) 料理見習いの小僧にいじめられ続けた帽子小僧は堪忍袋の緒が切れて、相手を殺し、切り刻んで料理の中に入れてしまう。
(4) ある男に「留守中、女房が浮気をしないよう見張っていてくれ」と頼まれた帽子小僧が、やって来た情人たちを次々に痛い目に合わせる。
(5) 学識のない司祭が小僧に助けられて、人々に雄弁家と見做されるようになる。
(6) 帽子小僧が貧しい釘作りの父娘を助ける。

これらの中で特に(1)と(3)の話が興味深いので、次に取り上げてみたいと思う。

(1)

ヴィンツェンブルク城に住むヘルマン伯爵は、家臣の美しい女房に横恋慕して追いかけていた。しかし彼女に拒絶された伯は、夫が遠くへ旅立った隙に彼女を無理矢理奪ってしまう。戻ってからこの出来事を聞いた夫は、こうした不名誉は行為者の血でしか雪《そそ》げないと考え、伯爵の寝室へと乗り込んでいく。

厳しい言葉で伯を非難したのだが、抵抗されたので彼は剣を摑むとお妃の隣にいた伯を刺し殺してしまった。妊娠していたお妃はこの殺人犯に激しく毒づいて言った。「私のお腹の子に、お前とお前の一族に仕返しをさせてやる。それは後世への手本となるだろう」。この言葉を聞いた彼は引き返し、伯爵と同じようにお妃も刺してしまった。

こうしてヴィンツェンブルクのヘルマン伯爵の家系は途絶えたのである。事件の起きた同じ朝、帽子小僧はまだ眠っていたベルンハルト僧正のベッドの前で僧正を起こすと、こう言った。「起きろよ、禿げ頭。お前の兵を集めろよ！　ヴィンツェンブルク伯領は主が殺されて空っぽ、誰もいないぞ。苦労せずにそこをお前さん支配下に置くことが出来るよ」。僧正は飛び起きて急ぎ彼の兵隊を集めると伯爵領を占領し、皇帝の承諾を得て、そこを永久にヒルデスハイムの僧正領に併合した。

己の欲望に負けたヘルマン伯は、家臣の妻ということで油断していたのかもしれないし、軽い浮気心で行為に及んだのかもしれないのだが、しかし被害者としては自分の意に反して手篭めにされるなど言語道断だろう。ましてや夫にとっては如何に主人とはいえ、それは許しがたい行為であった。「あなたは姦淫してはならない」と聖書（『出エジプト記』第二十章十四節）に書かれている通りである。

この話では家臣の美しい妻は勿論のこと、ヘルマン伯のお妃も哀れな被害者といえるだろう。彼女たちには何の罪もないのに、一人の馬鹿者の行為は悉く周りを混乱させ、不幸に陥れていく。しかし、これはヴィンツェンブルク城だけに限ったことではなく、大きな組織でさえ、上に立つ者がこのヘルマン伯のように己の欲求を押さえつけられぬ愚か者である場合には、いとも簡単に崩壊してしまう可能性があるということである。伯も他人の妻にちょっかいを出した付けが、自分の命と一族の滅亡に繋がるとは夢にも思わなかっただろう。

いたずらにただ年齢だけを重ねて、いくつになっても将来の展望が開けぬ先の読めない人がいるものだ。そういう人は、自己だけでなく周りにいる人々をも色々やっかいな事件に巻き込んでいくことが多いのに、己のことはいつも優秀だと錯覚しているから更に始末が悪い。尤も、これが愚か者の愚か者たる所以だけれど……。

恐らく、昔ヴィンツェンブルクで人妻に手を出して殺された男がいて、その事実が言い伝えられてきたのだろう。そして、半ば伝説化したこの話が、いつの間にか帽子小僧という名の精と面白おかしく結び付けられたのではあるまいか。

＊いじめ抜かれた帽子小僧の逆襲

さて、では次に三番目（3）の話。

③

人々が帽子小僧に慣れてもう誰も怖いと思わなくなると、一人の料理人見習い小僧が彼を馬鹿にしたり嘲笑ったり、悪口を言っていじめ出し、チャンスがあればいつも調理場の汚物を投げつけたり、汚れ水をかけたりした。それは帽子小僧を不愉快にさせたから、彼は調理場の親方に小僧にそうしたことを止めさせて、懲らしめてくれるように頼んだ。さもないと帽子小僧は、自分自身で侮辱された仕返しをせざるを得ない。親方は彼を嘲笑って言った。「お前さん、精霊なら、ちっぽけな小僧なんて怖がることはないだろう！」。帽子小僧は答えた。「あんた、私が頼んでいるのに、小僧を懲らしめたくないと言うのなら、二、三日後に私が如何に奴を恐れているか教えてやろう」。そうして怒りながら立ち去った。

間もなく、夕食後一人で調理場に坐っていた見習い小僧は、疲れのあまり眠り込んでいた。そこへ帽子小僧がやって来て見習い小僧の首を絞め、身体を細かく切り刻んでしまった。その後、彼はそれらを残らず大釜に投げ入れて、火にかけたのである。調理場の親方が来て、釜で煮ているのが人間の手足であるのがわかると、その状況から帽子小僧がいつもと違った料理を用意しようとしていることに気づき、身の毛がよだつほど激しく小僧を罵り、そして呪った。それで更に憤慨した帽子小僧は、司教と彼の廷臣たちのために串に刺して焼いていた全ての肉を押し潰し、その上に忌まわしい蟇蛙の毒液と血を滴らせた。

こんな訳で、親方はまたしても小僧を罵り冒瀆したので、小僧は他日、親方が市門から出よ

うとした時、かなり高い橋の上から下の堀へと彼を突き落としてしまったのだった。（後略）

帽子小僧のこの小気味いいほどの報復はどうだろう。聞く（読む）者の気分を爽快にさせるほど、帽子小僧の徹底した仕返しがこの伝説の魅力となっている。

嫌がらせやいじめにあった人間が身近にいる者に助けを求めても、この調理場親方のように、力になってくれる人はほとんどいないものだ。いじめられた人の自殺や、逆切れして殺傷沙汰になる事件の多さからも、そうした状況は容易に推測がつくだろう。

究極的に自分を守るのは自分しかいない。この帽子小僧も料理人見習い小僧のいじめや嫌がらせをある程度は我慢したのだろうが、頭の悪い加害者は決して相手の痛みや苦しみなど理解することはないから、こうした状況は結局どちらかが死ぬか、徹底的に傷つくまで続いていくことになる。

いじめの問題点はそれが一時的なものではなく、果てしなく継続していくところにあるといえる。加害者の方は婉曲な暴力を持続的に楽しみ続けることが出来るという訳だ。この加害者は個人の場合もあるし、複数のグループ、あるいは組織や会社の場合だってある。

帽子小僧の話は、いじめに立ち向かうには覚悟してやらなければならないと伝えている。小さな逆襲が潰されると却って相手を図に乗らせて、隠微な暴力は増大しかねないし、対決するなら徹底的に最後まで戦わなければならない。そしていじめの張本人を抹殺してしまえば、物語の中においては、目出度く一件落着なのである。

＊裏切りの代償

次は、嫉妬心から罪を犯し、その罪に苦しんで自滅する男の話である（一二七〇年代）。

506　ブレンベルガー

さて、高貴な騎士ブレンベルガーが彼の美しい女主人を多種多様に歌っていた時、思いがけなくそれに気づいた彼女の夫は、騎士にそれを止めさせ、そして言った。

「お前は私《わし》の妻を愛したのだな。命はもらうぞ！」

そこですぐに騎士は首を切られてしまった。しかし彼の心臓は主人の命によって切り取られ、料理されたのである。

その後、料理は気高い女主人の前に出され、その真紅の口は、彼女に恋心を抱いていた忠実な家臣の心臓を食べてしまったのだ。その時、夫が言った。

「妻よ、そなたが今食べたものは何であったか、私に答えてくれぬか」

「いいえ、わかりませんわ。でも私はそれを知りとうございます。とてもおいしかったのですもの」と女主人は答えた。

主人は言った。

「まことにそれはブレンベルガーの心臓だ。お前の家臣のな。奴はお前を楽しませ、お前の悩みを取り除くことが出来たな」

「私の悩みを取り除いてくれた者を食べたとあっては、一口飲んだ後で、もう何も飲んだり食べたりはいたしません。私の哀れな魂が、決してこの窮地から逃れることなどは出来ないでしょうが……」と妻が言った。

彼女はすぐに立ち上がると、自分の小部屋を閉ざして、必死に聖母マリアに助けを願ったのであった。

「私のせいで、罪も無いのに殺されたブレンベルガーのことは悔やみきれません。彼はただの一度も私の身体に触れたことはなく、私の手を取るほど近くに寄って来たこともありませんでした」

この時から、食べ物も飲み物も女主人の口に入ることはなかった。十一日間彼女は生き、十二日目に世を去った。彼女の夫はしかし、妻に対する恥ずべき裏切りを悲嘆して、短刀で自害したのである。

残酷な話である。

焼餅やきの男が、美しい妻を讃える歌を歌っていた騎士の首を刎ねてしまった。その単純さも然りながら、彼はその後騎士の心臓を取り出して料理させ、あろうことか、美しい妻に食べさせてしまったのである。愛しているはずの妻に、嫉妬心からとはいえ、人間の心臓を食わせようとするこの男の心理状態は一体どうなっているのか、理解に苦しむ。

キリスト教で心臓は愛や勇気、理解、喜びと悲しみを表している。しかし歴史的に見ると、征服者は被征服者の力を得るためにその心臓を食べることもあったようだ。特に私の印象に残っているのは、『大地』(パール・バック)の中で、一騎打ちの末、倒した敵将の心臓を食ってしまうシーンである。ギリシャ神話でも、ティターンたちに殺されたザグレウス(Zagreus)は、父であるゼウスに心臓を食われている。

ティターンらは彼(ザグレウス)を虐殺してから手足を解き、これを煮て炙ってしまう。ただ心臓だけはアテーナによってゼウスにもたらされた。それを彼はセメレーに与え(別伝では、自分で嚥み込み)、それからして新たにディオニューソスとして再び生まれる。[38]

つまりゼウスは、ティターンたちに引き裂かれたザグレウスのまだ動いていた心臓を嚥下した後、セメレーと交わり、彼女がディオニューソスを産んだのだ。だからゼウスは、このようにして息子を再生したのである。

この伝説は恐らく、十三世紀初めのフランス韻文物語「クーシーの城主とフェイエルの貴婦人の物語」の影響が大きいのではないかと思われる。この貴婦人とはヴェジー伯爵という人の妻で、当時気高い美人で有名だったという。そのあらすじをご紹介しておく。

クーシーの城主ルノーは夫の留守に城に忍び込み、やがて両者（つまりヴェジー伯爵夫人と）のあいだに恋愛が成立する。嫉妬した夫は妻をともなって十字軍に出陣することを思いつき、ルノーはあとを追うが、フェイエル公は出征をとりやめ、ルノーだけがパレスチナに向い、重傷で死ぬ。そのさい、遺言に従って彼の心臓は一通の手紙とともに小箱に収められ、故国に運ばれたが公に奪われ、貴婦人はそれを食わされたため、苦しみのあまり死ぬ。公は妻の家族の復讐を恐れ国外に亡命する。(39)

悪魔の犯せし罪

＊罰を受ける悪魔

いくつか例外はあるけれど、１８８から２１４までは殆ど悪魔に関する言い伝えである。２０６「悪魔の帽子」もまた巨大な石についての話。「井の中の蛙」のように間抜けな悪魔が、その慢心をキリストによって挫かれた。この悪魔は、如何に速く斤斗雲《きんとうん》で飛び回ろうとも所詮は仏の手の内から出ることが出来なかった孫悟空の姿を彷彿とさせる。

２０６　悪魔の帽子

エーレンベルク村近くのアルテンブルクから遠くない所に、百頭の馬でも引っ張ることが出来ないほど大きく重たいがっしりとした石がある。

昔、悪魔がその石を頭に載せながら遊んでいた。石を帽子にしてぶらぶら歩き回っていたのだ。ある時、自惚れ思い上がった悪魔は言った。「俺のようにこの石を運べる者がいるだろうか。この石を作り出した者でさえ出来ないだろうし、石があるところにおいたままにしておくしかないだろう」

するると、主キリストが現れて石を取ると、小指にはさんで運んだのだ。自尊心を傷つけられ恥じ入って悪魔は消え去り、二度とこの地に姿を見せなくなった。今日でも石の中に悪魔の頭が押した跡と主の指の跡が見られるのである。

同じような伝承は日本でも見られる。

盛岡市にある三ツ石神社境内には、岩手山が噴火した際に飛んできたという巨大な石が並んでいる。昔、このあたりに出没した鬼が悪さをするので、村人たちが三つ石の神様に祈ったところ、鬼は神様によってこの石に縛り付けられてしまった。結局、二度と悪さをしないと約束して、鬼が石に証拠としての手形を押したのが「岩手」県の由来になったとされている。これもユーモラスな一種の因果物語といっていいだろう。岩手には遠野をはじめとして、昔話が生まれる独特の風土があるようだ。

民間伝承によればシルクハットは魔女や魔王の特徴とされる。この悪魔も石を帽子代わりにしてちょっとした魔王気分を味わっていたのだろう。そんな思い上がりを悪魔はキリストによっていっぺんに挫かれてしまうのだが、この話は「神の指を使って」悪魔を撃退するという『ルカによる福音書』が布石となっているように思われる。「わたしが神の指によって悪霊を追い出しているのなら、神の国はすでにあなたがたのところにきたのである」(第十一章二十節)とイエスは人々に伝えている。中世において小指は、何故かキリストの人間性の象徴とされていたのである。

*狼に変身し、羊を襲う男たち

リーフラントには次のような伝説がある。

216 人狼たちが一団となって出て行くこと

クリスマスの日が過ぎると、足がびっこの少年が周って来て悪魔に忠誠を誓った者全員を呼び出し、その夥しい数の者たちに自分に従うよう命じるのであった。もしその中で二、三人ためらい、ぐずぐずしている者がいたならば、別の背の高い大男がそこへ来て鉄ワイアと鎖で編まれた鞭で打ち、強制的に追い立てるのだ。彼は、長いこと痣や傷跡が身体に残って激しく痛むほど残酷に人々を鞭打つのだという。

みんなが男に従い始めるや否や、まるでみんなは今までの姿を捨ててしまったごとく、狼に変身する。そこで彼らは二、三千の数になって集まり、手に鉄の鞭を持った指導者がその先頭を進んでいく。

さて、みんなは野原へと導かれていき、残酷に家畜を襲い、引き裂く。捕まえることの出来るものに彼らは大きな被害を与えるのだ。しかし、彼らに人間を傷つけることは出来ない。水のほとりにやって来ると、指導者が木の枝か鞭で水を打ち、水を二つに分けるので、みんなは足を濡らすことなく向うへ渡ることが出来るのだ。十二日間が経過すると、彼らは人狼の姿を脱ぎ捨てて再び人間になる。

クリスマス、つまりイエスの誕生日が終った後、悪魔に身をゆだねた多くの者たちは、足を引きずって歩く(hinken)若者に従うよう命じられていた。古来、人の地位や気分はその歩き方に現れると考えられ、足を引きずるのは好色を表す。そして彼に従わない者は、大きな背の高い男に鞭で打たれて強制的に連行されるのだ。拷問道具である鞭はキリスト受難のエンブレムの一つで、中世では例えばキリスト教団を脅かしたティムールのような異教の王を表す。

伝説は、悪魔に身をゆだねた人々がその後、狼に姿を変えたと述べている。狼に象徴されるものは貪欲、狡猾、盗賊、偽善者等々とあまりいいところはなく、キリスト教では悪魔のエンブレムである。実際、『ヨハネによる福音書』では悪魔を表す動物として登場してくる。

わたしはよい羊飼である。よい羊飼は羊のために命を捨てる。羊飼ではなく、羊が自分のものでもない雇人は、おおかみが来るのを見ると、羊を捨てて逃げ去る。そして、おおかみは羊を奪い、また追い散らす。彼は雇人であって、羊のことを心にかけていないからである。（「ヨハネによる福音書」第十章十一―十三節）

一方、『グリム童話』で赤ずきんや子山羊たちを呑み込む悪しきイメージの狼も、イタリアではローマを建設し初代の王となった伝説的英雄ロムルスとレムスを育てたことで、結構な人気者だ。牝狼の乳を飲む二人の赤子の銅像は、現在でもイタリア各地に数多く見られる。

さて、狼に姿を変えた者たちは家畜を襲って大きな被害を与えるのであった。悪魔に魂を売り渡した者は、容易に立ち直ることは出来ないということなのだろうか。一行が足を濡らさず向こう岸へ渡ったという描写も、『出エジプト記』のモーセを彷彿とさせる。

モーセが手を海の上にさし伸べたので、主は夜もすがら強い東風をもって海を退かせ、海を陸地とされ、水は分かれた。イスラエルの人々は海の中のかわいた地を行ったが、水は彼らの右と左に、かきとなった。（「出エジプト記」第一四章二一―二二節）

伝説はこの故事を利用して、悪魔の狡猾さを強調しているかのようでもある。つまり、使徒の足を洗ったキリストはそれによって使徒に力を与えているのだが、狼に変身した者たちはキリストを拒否し、足を濡らすのを嫌がったということだ。

伝説は最後に、「十二日たつと、彼らは狼の姿形を捨て、人間に戻る」と述べる。十二は一年の月数、そして昼と夜のそれぞれの長さを表し、またそれは両目、両耳、鼻孔、唇（上下）、左右の手足といった人間の能力に関する器官の合計でもある。太陰暦ではクリスマスの日と十二日節への前後の間に十二日間おかれ、その十二日の一月一日はその年の一月から十二月までを模したものであったという(40)。

聖書史家にとって十二は「選民の数」、神と教会に選ばれた民の数である。例えばヤコブ（イスラエル）の子十二人はヘブライの十二部族の祖であったし、イエスの弟子も十二人であった。また生命の木には十二個の果実が実り、高位聖職者は十二個の宝石を身につけるという。狼に姿を変えた悪魔たちはキリスト教のこうした重要な数である十二を考慮して、まさしくその日数だけ暴れ回ったということなのかもしれない。

＊実の娘に恋をする王

グリム童話にも、「千匹皮」という実の娘に恋をする王の話が出てくるが、『グリム・ドイツ伝説集』にもまた、同様の罪を犯そうとする王が登場する。

488　子犬クヴェードル

皇帝ハインリッヒ三世の美しき娘マティルト（マティルデ　九五五―九九九年）は、父でさえ惚れ込んでしまうほどしとやかであった。

彼女は、父の心が離れていくよう、自分を醜くして下さいと熱心に神に請い願ったのだが、しかし神はその願いを聞き入れては下さらなかった。すると悪魔が現れて、彼女が言うことを聞くという条件で、父帝の愛を憎しみと怒りに変化させてやろうと申し出たのである。マティルトは一つの条件をつけてそれを受け入れた。その条件とは、もし悪魔が、三日三晩の間に、彼女が眠っているところを見つけたなら、彼女は悪魔のものになるが、目覚めたままでいたなら手出しができないというものだった。

そこでマティルトは素敵な布を織り上げ、夜なべをしてそれに刺繡を施したのだ。それで気が張って眠たくならなかったのである。また、彼女はクヴェードルあるいはヴェードルという名の忠犬を飼っており、犬は彼女が眠たくなると大声で吠えたり、尻尾を振ったりしたのだった。

さて、三晩続けて来た悪魔は、マティルトがいつも目覚めて眠っていないのがわかると、腹を立ててその鉤爪で彼女の顔を引っつかんだ。そこで彼女の鼻はぺちゃんこになり、口は裂け、片方の目玉は飛び出してしまった。こうして、彼女は藪睨みで大口、そして鼻ぺちゃとなり、その結果、父の罪深い恋心も消え失せたのである。

マティルトは聖職について僧院を建て、自分の忠犬に敬意を表して、それをクヴェードリンブルクと名づけたのであった。


あまりにも美しすぎて実父にまで恋された娘が、父の心が変るように、己の外見を醜くして下さいと神に祈ったのだという。すると、やって来た悪魔が、犬に邪魔されたのに怒り、娘の顔を目茶苦茶に醜くしてしまった。簡単に言うならこれだけのことで、これは娘がこの後、忠犬に因んだ名前のクヴェードリンブルク僧院を建てたという因果物語である。

グリム童話の「千匹皮」では、父に求愛された娘は父の許を逃げ出している。そこには娘の父親からの自立というテーマも垣間見えるし、知恵を駆使して父から逃れる姫の冒険物語は、読む者聞く者をわくわくさせるスリルに満ちている。

それに対して、身の危険を感じながらも依然として父と同居し、ただ単に顔を醜くしてくれと神に願うだけの伝説集の中の娘の態度は、童話に比べて面白くないし、聞く者にカタルシスを与えてもくれない。神に代わって現われた悪魔との交渉ごとは、たしかにこの伝説の見どころなのだろうが、しかしこうまでして父の許を離れなかった娘の気持は正直、よくわからない。伝説では往々にして、こんなことがあるのである。

伝説は、この娘マティルトが建てた僧院についての物語でもある。その観点から言えば、こうした建造物に関する言い伝えは、民衆の気持を反映しているのかもしれない。

私の説は、こうである。

彼女はきっと元々美人などではなく、最初から醜女だったのではあるまいか。決して美人ではないけれど、敬虔で忠実なる神の僕たる女性が僧院を寄贈した。民衆としては、彼女がかつて大変な美人であったという方が嬉しかったのではないだろうか。そんな気がする。

＊カニバリズムという罪

罪と罰についての伝説を紹介してきたこの章の最後に、恐らくは人類の犯す最も恐ろしい罪――人肉嗜食についての言い伝えをご紹介しよう。

527　ツェーリンガー家の起源

昔、山に住んでいた炭焼きの男がある時偶然にも、炭を焼いた後の地面に銀を見つけ、大量にため込んでおく。

その銀で、国を追われた国王を助け、領地と王の娘を貰った炭焼き男は公爵の位につくと、甚だしく高慢になったのである。

ある日、男は自分の調理人を呼びつけると、一人の若い男の子の丸焼きを持ってくるようにと命じた。彼は人間の肉がいかに美味しいものであるか、味わってみたくてしょうがなかったのである。調理人は己が主人の命令と要求に従って、それをすべてやってのけたのだ。

少年を焼いて主人の食卓に運ぶと、自分の前に置かれたその料理を見た主人は驚愕と恐怖に襲われ、この罪に苦悩し、改悛した。そこで彼は罪滅ぼしのため、シュヴァルツヴァルトに聖ループレヒト教会と聖ペーター教会を建てた（十一世紀頃）。主なる神が、彼を哀れみ深く許して下さるようにと。

人肉嗜食（カニバリズム）は、ある古代民族にとって最も重要なことであって（カニバル Cannibal という言葉は、スペイン人がカリブ諸島 Caraibes とその原住民につけた名前の一つであるカリバル caribal に由来する。）、その意味するところは、死者を食べることにより、その魂を遠ざけることであったというが、この炭焼き男が古来のそんな思想や因習など知ろうはずもなく、要するに彼はただ人間はどんな味がするのか試したかったのだろう。

その結果、死体を目の前にした彼は、突然罪の意識に目覚め改悛した。これも神の力のなせる業なのだろうか。

4　王の裁き

夜の城

信用の報い

＊人は信用できるのか

タイトルのごとく、次の短い伝説は二人の主人公を扱っているのだが、しかしここでは、子供であったグリモアルト（在位六六二―六七一年）のエピソードは省略する。

406　ロムヒルトとグリモアルト

フン族の大軍がロンバルディアに侵入してきた時、戦に破れて生き残った人々は、ある城塞に逃げ込んだ。その城塞の覗き穴から敵将カカンのあまりに美しい姿を眺めた王妃ロムヒルトは、彼に一目惚れしてしまう。そして、もし自分と結婚してくれるなら、城と人々をカカン王に引渡そうと言って味方を裏切ったのだ。その結果、城中の男は悉く剣で殺され、女子供はくじ引きで分配されたのである。

フン族の王（カカン）は約束を守るべく、確かにロムヒルトと結婚はしたのだったが、しかし彼女を留めておいたのはただの一晩だけで、その後は彼女を十二人の部下たちに引き渡して、それから串刺しにして殺させたのだ。

一方、ギスルフ王の娘たちは、自分たちの好色な母親の真似はしなかった。彼女たちは純潔を守るため、鶏の生肉を乳房の下に結びつけたのである。それは肉の悪臭が、彼女たちに近づいてきた沢山の敵を追い返すようにであった。フン族の男らはその臭いが彼女たちの本当の体臭だと思い込み、嫌悪して言ったものだ。「ロンバルディアの女は臭い」と。

こんな風にして娘たちは純潔を守り、その後彼女たちの高貴な生まれに相応しい結婚をした。つまり、一人はアレマンの王と、そしてもう一人の相手はバイエルンの大公であった。

好色なロムヒルトのエピソードは、一人の女の身勝手さが国を滅ぼした良い見本だろう。トロイ戦争は美女ヘレナの略奪から始まったとされているけれど、こちらのギスルフ公の国はロムヒルトの裏切りによって、あっけなく崩壊してしまった。フン族と近縁の遊牧騎馬民族アヴァール族（Awaren: Avars）は、六世紀中頃ドン川下流域からハンガリー平原に進出し、ランゴバルト族のイタリア移動後、ドナウ川流域を中心に大帝国を建てている。しかし七八八年、この民族のバイエルン侵入を機にカール大帝は反撃を開始し、七世紀半ばから衰え出していた勢力に拍車が掛かったのであった。ロムヒルトがフン族（アヴァール族）の王カカンに一目惚れしたのは、恐らく七世紀前半頃のことだったのだろう。

フン族とモンゴルの匈奴とが同じ民族ではないかとの説があるけれど、この問題は初めて学会に提出されてからほぼ二百年にもなるというのに、未だに解決されてはいないようだ。「しかし、匈奴の、おそらくは支配層の西方移動とフンの西方移動とがまったく無関係ではないこと、またフンという名前が匈奴に由来していることだけは確かである。〈護雅夫〉[41]」という。

紀元前三世紀からモンゴル高原を中心に移動した遊牧騎馬民族匈奴には、秦の始皇帝も大いに悩まされ、それが万里の長城を作る契機となったのであった。匈奴の徹底した略奪ぶりや残酷さは、夙に知られたところだ。


漢では高祖以来五十余年の間、匈奴へ次々と王女を妻《めあ》わし幣帛《へいはく》を贈り、通商を許していたが、しかも匈奴の侵掠《しんりゃく》はやむことがなかったのであった。

当時、中国の歴代の天子は例外なく匈奴の劫掠に手を焼いていた。匈奴は漢北の地を転々として中国の辺境を襲った。飢饉や天災のない年はあっても、匈奴との闘いのない年はなかった。この匈奴との闘いに、当時の漢もまた。士卒も馬匹《ばひつ》も殆ど費《つか》い果たしてしまったと言っていい状態にあった。[42]

カカン王がロムヒルトをなぶり者にした後、串刺しにして殺してしまうやり方は、古代の匈奴の残酷さを受け継いでいるような気もするのだ。

また、人を串刺しにして殺すやり方は、俗に串刺し公と呼ばれたヴラド・ツェペシュ（一四三一～一四七六）の名を思い起こさせる。ルーマニア・トランシルヴァニアの領主であった彼は、ドラキュラのモデルになったと言われる人物で、捕虜を生きたまま串刺しにして殺したことで知られている。

つまり彼は、多くの捕虜の肛門から口へと木杭を刺し、それを地面に突き立てておいたのだ。ツェペシュの統治下では犠牲者を串刺しにした杭が林立して悪臭が立ち込めていたというから、その残忍さも徹底していたのであろう。

また彼は、「このほかにも自分の意にそぐわなかった者には、耳や鼻、それに性器などを切断させたり、また生皮はぎの刑罰、肉体の各所に釘を打ちこむなど、独自の拷問がつぎつぎと考案されたという。さらに残酷な処刑となると、生きたままのあぶり殺し、釜ゆで、生き埋め、緊縛したまま荒野に放置して、鳥や獣の餌食にするなど、その種類は無尽蔵だ。なかでもその極めつけとなったのが、強制した共食い刑である。ツェペシュは敵の捕虜を処刑させたあと、その肉体を同じ捕虜たちに食わせたというのである[43]」。

＊勝てば官軍

416　ザクセン族とテューリンゲン族

前半は、舟でエルベ河口に着いたザクセン族の若者が頓智をきかせて、テューリンゲン族からうまく土地を手に入れてしまった話である。これに怒ったテューリンゲン族はザクセン族と激しく長い戦いをすることになるのだが、結局は力尽き、和平会談を行うことになった。その後半部分を訳出しておく。

（ザクセン族とテューリンゲン族）両軍とも長いこと激しく戦って、テューリンゲン族が敗れた後、双方ともある決められた場所で、武器を持たず新たな平和のために協力することで意見が一致した。しかしザクセン族の場合、アンゲル族がまだしているように、大きなナイフを常に携えているのは昔からの習慣なので、彼らは会合にも衣装の下にそれを隠して行ったのだ。

ザクセン族たちは自分たちの敵が無防備で、彼らの君主が全員揃っているのを見て取ると、全ての領土を我物とするにはまたとない機会だと思って、いきなりナイフでテューリンゲン族たちに襲い掛かり、彼ら全員一人残らず殺してしまった。

これによりザクセン族は大いなる名声を得、隣接した民族たちは彼らを恐れ始めた。多くの人がザクセンの名前をこの出来事に由来していると思っている。何故なら、彼らの言葉ではナイフをザクセと呼ぶからである。

まさに「勝てば官軍」であり、負けた側が相手を「卑怯だ」とか「汚いやり方」とか言ってみたところでどうしようもない。それでも命が助かればまだしも、全員が滅びてしまったなら、そもそも敵を罵ることすら出来ないではないか。これは、軽々に敵を信頼してはいけないという教訓である。

イラクには「人間を信頼するのは、水を濾し器に入れるようなものだ」という格言があるという。古来、こうした類の話は洋の東西を問わず枚挙に暇は無く、殊に独裁者の末路は哀れなものである。井上靖『楼蘭』より、匈奴を優遇し漢に反発した若き王安帰について書かれている所を引用する。トップに立つ者が進路を誤れば、会社だろうが国だろうが直に滅びてしまうのだ。

西紀前七十七年の秋、楼蘭は漢の使者傅介子を迎えた。楼蘭が傅介子を迎えるのはこの年二回目であった。この前の時は親匈反漢の楼蘭の態度を責められたので、安帰は一応謝罪して傅介子を帰した。が、その後毫も国の政策を改めていなかったので、さすがの安帰も、同じ漢使を迎えることには心重いものがあった。いつも付近に駐屯している匈奴の部隊が丁度折悪しく引揚げて行ったばかりの時で、王安帰は心すすまないものはあったが、これを城内の館の中に招じ入れないわけには行かなかった。

広間で酒宴は開かれた。傅介子は従者二人を連れていた。三人の漢の使者を取り囲むようにして、楼蘭王の一族、重臣たちは座を占めていた。

宴が半ばに達した頃、傅介子は王だけの耳に入れたいことがあると言った。王安帰は使者の私語を聴くために、躰を傅介子の方へ寄せようとした。その時、間髪を入れず、王の右手の椅子に就いていた漢の二人の若者は、同時に王をその背後から刺した。一座騒然となる中で、傅介子は周囲の者を睨み立ったまま、大声で叱咤した。一座の者には傅介子の形相は火を噴く仁王のように見え、その声は雷鳴のように聞えた。

「王は漢に反抗した罪でいま天子より誅せられた。長く漢土に質子となっていた尉屠耆が新しい王として、やがて漢兵と共に来るであろう。徒に騒いで国を滅ぼす勿れ」

一座の者がたじろいでいる隙に、傅介子は刀を抜くと、素早く安帰の首を落とした。(44)

教育も道徳もみな、人を信頼せよと教え、人類は民主主義というこれ以上に素晴らしいものはないと思われるほどの制度まで作ったというのに、二十一世紀の今日、以前にも増して民族間の憎悪が増大しているのを、一体どのように考えればいいのであろうか。

＊約束は守られねばならない

419　ザクセン人たちがイギリスに牡牛城を築いた話

ザクセン人たちがイギリスに着いた時、彼らはそこの王に、「自分たちに、一頭の牡牛の皮で覆うことの出来るだけの土地を与えて頂けないか」と頼んだのであった。

王がそれを認めると、ザクセン人たちは皮を細い紐状に切って、それで広い場所を囲い、そこに牡牛城という名の城を建てたのである。

わずか数行のこの短編は、416の前半に似た頓智の話である。「一頭の牡牛の皮で覆うことの出来る土地を分けて欲しい」というザクセン人の表現は実に巧みだった。王は、まさか彼らが牛の皮を細い紐状にして土地を囲むとは、夢にも思わなかったに違いない。しかし、王たる者は一度した約束は絶対に反古にしてはならないのが中世の掟であったから、まさにこれはザクセン人たちの機知の勝利と言えるだろう。

中世において、

長さはしばしばハンマーや斧、槍、矢、石などを投げてとどく距離で表現されていた。たとえばオスナブリュックでは共同体員は自分の土地から共有地に向ってハンマーを左足の下から投げ、それがとどくかぎりのところは耕してよい、とされている。自分の家の鶏が隣家の庭や共有地のどこまで侵入したばあいに、つかまってしまうかも定められている。鶏が自由に走りまわれる範囲を確定するには、裸足で二本の垣根の支柱にのぼり、両足の間からハンマーを投げる。あるところでは屋根の上から右手を左手の下にして髪の毛をつかみ、左手で鎌の先をもって投げてとどいた範囲とされている。土地の広さも同様に午前中に四頭立ての有輪犂で耕作しうる面積を一モルゲンとよび、三〇モルゲンをもって一フーフェとよんだように、現実に人間の足や馬で走れる距離が基礎となっていた。だから王様が昼寝をしている間や、風呂に入っている間に歩いて廻れるだけの土地を与えられた話がメルヘンに伝えられているのをみるとき、それが架空の世界の話ではないことがわかるのである。(45)

『ドイツ伝説集』438「ダゴベルトとフロレンティウス聖人」の中にも、生まれながらにして目が見えず、口が利けなかった娘を治してくれた聖人に感謝した王が、「(自分が)風呂から上がって服を着るまでに、驢馬に乗って廻れただけの土地を進ぜよう」という箇所がある。聖人は驢馬を急き立て、早馬の倍の速さで山や谷を駆け抜けたということだ。

493 ヴァインスペルクの女たち

コンラート三世がヴェルフ大公を打ち負かし(一一四〇年)、ヴァインスペルクの城を包囲した時、城中の女たちは、「肩に担いで運ぶことが出来るものは何でも持っていってよいと認めてくれるなら、城の引渡しに応じましょう」と王に条件を出したのである。

王がその条件を快諾すると、彼女たちはあらゆるものを断念し、それぞれが自分たちの夫を肩に担いで城を出たのである。そこで、これを見た王の家臣たちの多くは、「約束が違うぞ」と言って、それを許すまいとした。

しかし王は苦笑いをしながら、女たちのずるい企てに恩赦を与えて言ったのだ。

「一度、王たる者の口から出た言葉は、変えられぬものなのじゃ」と。

この愉快な話は、よくドイツ語（講読）のテキストに収められたりしているので、御存知の方も多いのではないだろうか。

他のすべてを棄てて、自分の夫だけを肩に担いで城を出る女とは、まさに良妻の見本であろう。家臣たちが、「約束が違うぞ」と言っても、「一度、王の口をついて出た言葉は、変えるべからずじゃ」と言うコンラート三世は本物の王者の貫禄十分である。女たちの賢さも驚嘆に値するが、それにもまして誉められるべきは、やはり彼の度量の大きさである。

＊平等と絶対者

426　大聖堂の壺

クロードヴィッヒ王（在位四八二―五一一年）が彼のフランク族と一緒にまだ異教を信じ、キリスト教徒たちの財宝を追い回していた頃、彼らはランスの大聖堂からも、大きくずっしりとして優美な壺を強奪したことがあった。

聖レミヒ大司教はしかし王に使者を送って、「他の不当な行為は償ってもらわなくとも結構だが、少なくとも壺はお返し願いたい」と嘆願した。王は使者に、スエシオンという所で全ての略奪品を籤で分配することになっているから、そこへついてくるよう命じたのであった。「もしその時、お前が望んでいるその壺を、余が籤で引き当てたなら、是非とも返してやろうではないか」

使者は、定められた場所へと付き従っていった。彼らがその場所に着くや否や、貰う人を籤で決めるために、王の命令で手に入れた品全てが運ばれてきたのである。クロードヴィッヒ王は壺が自分以外の誰かに当てられるかもしれないと心配になって、召使や忠実な家臣たちを集めると、彼らの好意に甘えようとした。「品物の当たり籤以外、特別にこの壺を自分に割り当ててては貰えないか」と。

フランク人たちは、彼らが命を捧げた人に何を拒否することなどありましょうやと、きっぱり答えたのだった。そして全ての者たちは、そのことに満足したのである。ただ一人を除いては。

その男は立ち上がると、彼の剣で壺を粉々に打ち砕いて言ったものだ。

「国王、籤で当たったものより他には、それ以上何も取るべきではありませんぞ」

みんなはこの男の大胆な言動に驚いたのだが、王はしかし自分の怒りを抑えて、壊されてしまった壺を大司教の使者に渡したのであった。

一年後、王は三月の野に軍隊が招集するよう命じた。誰もが戦いうる武装をして出てくるように、と。今や全員がピカピカの武具に身を包み、クロードヴィッヒ王が皆を詳しく観察した時、剣で壺を砕いた男の所へやって来たのだ。

王は男をじっと見て言った。

「全軍の中で、お前ほどの臆病者はないぞ。お前の槍と兜、盾と剣は役立たぬ粗悪品じゃ」

王は兵士の剣に手を伸ばし、それを地面に放り投げた。兵士が剣を拾い上げようと身を屈めた時、王は自分の剣を引き抜き、勢いよく彼のうなじを突き刺した。

「お前はスエシオンで、余の壺をこのようにしたのだ」

こうして兵士は死に、王は残った者たちに帰宅を命じた。

全てのフランク人たちはこれ以後、王を大いに恐れ、あえて反抗する者は一人もいなくなった。

この話には色々考えさせられる。

一つは、籤引きというものは確かに公平でなければならないのだから、初めから結果がわかっているのなら、そもそもやる必要などなかったということ。次に、封建時代にあって、民衆の頂点に立つ王は絶対者であり、彼の言うことを聞かぬ者が粛清されても当然であったこと。

つまり、平等にチャンスが訪れる、謂わば民主的な遣り方と、一人の絶対者との組み合わせは、初めから相容れるはずもなかったのである。それにしても、王クロードヴィッヒは壺を粉々に打ち砕いた者を、その場ではよく我慢して黙認したものだ。その憤怒と恨みを、一年もの間ずっと心に秘め続けていたところに、この王の怖さが潜んでいるのではあるまいか。

陰謀と復讐

＊女の恨み

400　アルボイン王とロジムント

トゥリゼント王の死後、その息子で後継者であったクニムントは改めてランゴバルト人たちとの平和な関係を絶った。アルボイン王（五七二年没）はしかし敵を打ち負かし、クニムント自身を矢で射止めると、その頭蓋骨で酒盃を作ったのである。クニムントの娘ロジムントをアルボイン王は、他の多くの者たちと一緒に捕虜にし、やがて彼女を自分の妻とした。アルボインの所業はあらゆる地に鳴り響き、彼の名声はランゴバルトのみならず、バイエルン族やザクセン族、そしてその他のドイツ民族たちによっても歌で讃えられたほどであった。また、多くの人たちの語るところによると、彼の時代には非常に優れた武器が考案されたということである。

ある日、ヴェローナにいたアルボインは楽しげに食卓について、お妃に彼女の父の頭蓋骨で作ったあの盃にワインを注ぐよう命じてから言った。

「お前の親父ので、愉快に飲め！」

ロジムントは酷い苦痛を味わったものの、感情を抑えつけ、父の復讐を心に誓ったのである。彼女は、王の護衛で乳兄弟でもあったヘルミキスに、アルボイン王を殺してくれるようにと持ちかけたのだ。ヘルミキスは彼女に、命知らずの勇士ペレデオに密かに話をつけてはと助言したのだが、ペレデオはしかし、この悪事に関係を持ちたくないと思ったのである。

そこでロジムントは、ペレデオが親密に付き合っていた自分の侍女のベッドにそっと忍び込んでいた。何も知らぬペレデオはその中に入って、お妃の隣で寝てしまったのである。事が終った後で、彼女は彼に尋ねた。「私を一体誰だと思っているのか」と。そして彼が自分の恋人の名を口にした時、ロジムントは言ったのだ。

「お前は大変な思い違いをしているのだよ。私はロジムントよ。兎に角、過ちを犯したお前に私は、アルボイン王を殺すか、あるいは王がお前の体を剣で突き刺すのを待つか、選ばせてあげるわ」

こうして、これが避け難い災いであるのを悟ったペレデオは、無理強いされるまま王の殺害を引き受けたのであった。

アルボイン王が眠り込んでいた、ある昼下がり、ロジムントは城中静かにするよう命じて、全ての武器を隠してしまった。アルボインの剣はナイトテーブルにしっかりと縛り付けて、取り上げることも鞘から引き抜くことも出来ない様にしておいたのである。それから彼女はヘルミキスの助言に従って、ペレデオを部屋の中へ引き入れたのだ。眠りから覚めて己の危機を悟ったアルボイン王は、自分の剣を取ろうとしたが、それをテーブルから引き離すことが出来なかったので、足台を摑むとかなりの時間それで防戦した。しかし、多くの敵を打ち負かしてきたこの勇猛果敢な男も、己が妻の策略によって、身を守るすべもなくついに倒されてしまったのである。

ランゴバルト人たちは嘆き悲しみながら、王の遺骸を王宮側にある上り段の下に埋葬した。後代、ギジルベルト将軍がその墓をあばき、剣や宝を取り出した。将軍はまた、アルボイン王を見たと自慢していた。

アルボイン王がゲピドを制圧したのは五六七年、そして妃ロジムントの陰謀によって殺されたのは五七二年だから、彼がクニムントを殺してその頭蓋骨から盃を作って飲んでいたのは、この間僅か数年である。敵の王や英雄の頭蓋で酒盃を作る風習は何もヨーロッパに限ったことではなく、むしろ遥かな昔、中央アジアやシベリアを跳梁した遊牧民族匈奴あたりから伝わったのではないかとも思われる。井上靖『楼蘭』には、匈奴の捕虜となっていた胡人に、「匈奴は月氏の王を破り、その頭を酒を飲む器とした」と語らせる場面がある。

頭蓋骨信仰の根本は、それを持つ人間の優位を確認することにあると同時に、命を保ち続けたいという気持に結びついている。頭蓋骨は骸骨の「頂」であり頂とは体の中の不滅なもの、ゆえに「魂」であり、したがって人間はその動物の生命力をわが物とするわけであるからである。(46)

毎晩のように父の頭骨に酒を注がねばならなかった娘ロジムントの心痛はいかばかりであったろうか。戦にはめっぽう強いアルボインも、そういった女の悲しみへの思い遣りにはまるで欠けていたようだ。油断していた彼が殺されたのも、自業自得と言えるだろう。それにしてもロジムントの復讐劇は凄まじく、父の仇を討つためには決して手段など選ばないのだ。最初に王殺害の依頼を断ったペレデオの態度は全く正しかったけれど、狡猾な女の策略にかかっては単純な男などまるで赤子同然で、すぐに彼女の言うままになってしまったのである。女の恨みほど怖いものはない——。

＊因果は皿の縁

401　ロジムント、ヘルミキス、そしてペレデオ

アルボイン王の死後、ヘルミキスはその王国を手に入れようとしたが、ランゴバルト人たちはそれを阻止し、彼らの王が殺されたのを悲しんで、彼を殺そうとした。そこでヘルミキスと今や彼の妻となっていたロジムントは、ラヴェンナの統率者ロンギーヌスが送ってくれた船で、夜ヴェローナの町から逃げ出したのである。二人はアルボイン王の前妻の娘アルプスイントと、

ランゴバルト家の財宝全てを盗んでいった。

彼らがラヴェンナへやって来ると、ロジムントの美しさはロンギーヌスの心をも虜にし、彼はヘルミキスを殺して、その後自分と再婚するようにと彼女を説得したのだ。この悪巧みが気に入った彼女は、ラヴェンナの女王になれるのを望みながら、風呂から上がって来たヘルミキスに毒入りの盃を差し出した。だが、すぐに毒盃をあおったことに気づいたヘルミキスは剣を彼女に突き付けて、盃に残っていたものを一気に飲み干すよう強いたのである。この様にして、二人の殺人者は神の裁きにより同時に死んだのであった。

ロンギーヌスは、アルプスイント王女とランゴバルトの財宝をコンスタンチノープルのティベリウス帝のところへ送った。伝えられているところによると。ペレデオもまたヘルミキスとロジムントと共にラヴェンナへやって来て、その後同じようにアルプスイントと一緒にティベリウス帝のところへ送られたという。

ペレデオは、コンスタンチノープルで己の凄い強さを実証したらしい。ある時、皇帝と全観衆を前にした見世物で、獰猛なライオンを仕留めたこともあるようだ。ペレデオは災いを引起した訳でもないのに、彼を恐れた皇帝はその両目をえぐり出させた。

ペレデオは二本の小刀を作って、それを袖の下に隠し、少しばかり重要なことを皇帝のお耳に入れたいとの口実を使い、宮殿に入ったのである。皇帝はペレデオの話を聞くようにと、自分の信頼している家臣を二人派遣した。まるで何か秘密めいたことを打ち明けたがっているかのように、すぐにペレデオは二人に近づき、例の二本の小刀で彼らを突き刺したので、致命傷を負った二人はその場に倒れ、死んでしまった。このようにして、サムソンにも比すべきこの勇者は、二人の重臣たちを殺したことで、皇帝によって両の目を失った復讐を果たしたのである。

タイトルのごとく、これはアルボイン王を暗殺した三人の後日譚である。前半は、王を殺して逃げたロジムントとヘルミキスの一種因果応報の話で、まさしく「因果は皿の縁」である。つまり、皿の縁を一周するように、因果が回るのは早いということ。

死毒を口に含んだヘルミキスは抜身の剣をロジムントの頭上に翳して、「残りはお前が飲め」と迫ったというのだから、毒杯とはいってもすぐ死に至る猛毒ではなく、体内に浸透するまでには暫しの時間を要したのだろう。ロジムントにとってこれは大変な誤算であった。古来、中国で客に盃を勧める時、まず主人が飲むのが慣わしであったのも、やはり毒物に対する安全性の証明であった。つまり、裏を返せばそれだけ毒薬による殺人は多かったのである。それは、特に妻が夫を殺す典型的な手段であった。夫婦間のことであれば他人はそれ程関心もないだろうし、闇から闇に葬り去られた夫（や妻）の数は多かったのではないかと思う。

この話の後半は、王を殺した実行犯ペレデオのその後についてである。彼は己の強さをあまりに自慢しすぎて、皇帝までも恐れさせてしまったというのだから、やはり相当に節度を知らぬ男だったのだろう。両目を潰されたのも、結局自分で招いた結果ではないか。

ペレデオの運命は、テキストにもある様に『旧約聖書』の英雄サムソンによく似ている。ペレデオは皇帝や大衆の前で自慢げにライオンを殺したけれど、サムソンの場合は、葡萄畑で偶然出会った若いライオンが向かって来たため、仕方なく素手でこれを殺し、そのことを誰にも告げはしなかったのだ。数日後、ライオンの死体に群がる蜂から蜜が取れたので、それを掻き集めたサムソンは客たちに謎を出す。

「食らう者から食い物が出、
強い者から甘いものが出た」（「士師記」第一四章一四節）

そして妻デリラにせがまれた彼は、次のように謎を明かす。

「蜜より甘いものに何があろう、
獅子より強いものに何があろう」（一四節一八節）

しかし実はこれは新たな謎であって、デリラにも客にもサムソンの意図するところは理解できなかった。その答は「愛」であった。『ドイツ伝説』４０１は人間の欲望や打算、そして恨みの物語であり、やはりそこに欠けていたのは愛だったのである。

ペリシテ人に両目を抉り取られたサムソンは神に祈って力を回復し、異教徒の神殿の柱をへし折って、多くの敵と共に自らも死んでしまう。聖書には「こうしてサムソンが死ぬときに殺したものは、生きているときに殺したものよりも多かった」（一六章三〇節）と書かれている。これに較べると、たった二人だけしか殺さなかったペレデオは少し物足りなかったのではないか。そのあと彼も殺されてしまったのであろうから……。

大切なものとは

*命と名誉

431　鋏と剣

王妃クロティルトが引き取って育てていた次男（クロドマー　?—五二四年）の遺児二人に、三男と四男は王位を奪われるのではないかと疑心暗鬼になる。そこで彼らは、二人の甥を王位につけるべく自分たちの所へ寄越してくれと、言葉巧みに王妃を騙した。王妃は息子を失った悲しみも孫が王位につけば癒されるだろうと思って、何の疑いも抱かずに二人を叔父たちの許に送ったのだ。しかし、少年たちはやって来ると、すぐに捕えられてしまった。彼らの遊び相手や教育係から引き離されて、虜となったのである。

それからヒルデベルト（三男）とクロタール（四男）は、鋏と抜身の剣を持たせた使者を年老いた王妃の許へ送ったのであった。使者はやって来ると、彼女に二つのものを示して、言った。

「王妃閣下！　閣下の御子息である私の主人方が、御二人の子供をどうすれば良いものか、つまり髪を切られたまま生きるのが良いか、あるいは、生から死へ向かうのが良いか、閣下の御意見を聞きたがっております」

不幸な祖母はびっくりし、腹を立てた。その剝き出しの剣と鋏をじっと見ながら、

「王国が二人の子供たちのものにならぬのなら、髪を切られるより、むしろ私は二人の死を望む」

と言ったのである。

その後間もなく、二人の子供たちは殺された。

中世において、髪を切ることは降伏に相当したのである。それは亦、「自発的または強制的な、徳や特権の、結局は自己の〈人格〉の放棄であった。このような考えの痕跡はアメリカ・インディアンの恐ろしい頭皮はぎだけでなく、修道士となるときはほとんどどこでも髪の毛を切ることが必要であるという事実にも見られる」(47)。

フランスでも、王侯だけが長い髪を持つ特権があった。それは権力の象徴だったのである。五〇一年以前に成立したブルグント法には、「自由人の女性の髪の毛を切ったり、ばらばらにした者は、女性に十二シリングを支払い、さらに罰金を十二シリング、国家に支払わなければならな

い」と書かれていたという。「長く髪を伸ばしているということはまだ処女の状態を示していて、髪を長くして結婚することが当時の女性の理想だったのです。したがって、髪を切ることは、その女性を犯したとおなじことになるのです[48]」。

そういえば、グリム童話集「ラプンツェル」(KHM12)でも、彼女と王子の密会に怒った魔法使いの婆さんは、ラプンツェルの長い髪を切り落としてしまったのだった。

ばあさんは、腹たちまぎれにラプンツェルのみごとなかみの毛をひっつかむと、それを二まき三まき左の手へまきつけて、右手に鋏をにぎりました。じょきり、じょきり、毛はぷっつり切れて、うつくしい三つあみのおさげがみが床にころがりました。(『完訳グリム童話集』金田鬼一訳。岩波書店)

これもやはりラプンツェルが処女を失ってしまったのを、外見的に皆にわからせてしまおうとした老婆の懲らしめだったのだろう。

前述のブルグント(Burgund)について少し補足しておくと、それは古ゲルマン民族の一部族で、四一三年グンダハル王のもとでブルグント王国を建てたが、四三六年ローマ軍に敗れて滅亡し、この史実が中世ドイツの有名な叙事詩「ニーベルンゲンの歌」の素材となったのである。その後、四四三年王国は再建され、ブルグント法典を編纂させたグントバート王の頃に王国は最盛期を迎えた。

要するに、この話は命と名誉のどちらが大切かという命題である。現代に生きる我々の感覚では、髪など一度切ってしまってもまた生えてくるのだし、王妃は一時的にでも三男と四男の脅しに従って、いずれ本懐を遂げればいいではないかと思うのではあるまいか。しかし当時は、一度失われた名誉を取り戻すのは不可能と看做されていたのかもしれない。

実際、騎士や（日本の）武士が最も大切にしていたのは名誉であった。中世は、子供の人権など無いに等しく、子供など死んでもまた生めばよいと考えられていたのだ。チェーザレ・ボルジアと戦った中世の女傑カテリーナ・スフォルツァについて書いておこう。彼女は決戦に強い度胸を備えていたと同時に、美人でもあったらしく、『ヴェネツィア年代記』の作者プリウスは、「最高の精神と度胸を持った女。疑いも無く、イタリアのプリマドンナ」と絶賛している。

第一の夫が暗殺された時のことである。陰謀者たちが城塞の上の外に彼女の子供を連れてきて、その城塞を明け渡さなければ子供を殺すとおどした時、城塞の上に立った彼女は、やおらスカートをまくり、大声でどなり返したものである。

「馬鹿者奴、子供などこれであといくらでも作れるのを知らないのか」

唖然として口を開けたままだった陰謀者たちは、時をかせぐという彼女の計略にまんまと乗ってしまったのである。子供が殺されなかったのはいうまでもない[49]。

王妃クロティルトが生きたのは、時代的にいうとカテリーナ・スフォルツァよりほぼ千年も昔のことである。クロティルトもやはり相当覚悟の決まった女傑であったのだろうけれど、悲しいことに二人の子供たちが戻ってくることは永遠になかったのだ。

*親と子

441　そっくりな息子たち

フランク王国のピピン王（在位六七九―七一四年）は、ある美しい乙女と結婚した。しかし彼女は一人の息子を産むと、すぐに亡くなってしまったのである。その後間もなく、王は新たに奥方を娶ったのだが、この奥方も同じく一人の息子を産んだのである。二人の息子たちを王は遠い国へ送り、よその土地で教育させた。それにしても、息子たちは殆ど区別できぬほど、どこからどこまでもよく似ていた。

暫くして奥方は王に、是非自分の子供に合わせて欲しいと頼んだ。王はしかし二人の息子たちを一緒に宮殿へ連れて来るよう命じたのである。

一歳しか違わないというのに、弟は兄に容姿から身長まで全く同じであった。そして一方はもう一方と同じく父にそっくりで、母親ですら果たしてどちらが自分の子供であるのかわからないほどであった。そこで奥方は泣き出してしまった。というのも、ピピン王がどちらが彼女の息子であるのかを告げようとはしなかったからである。

とうとう王は、「泣くのをやめよ。こちらがお前の息子だ」と言って、彼女に先の奥方の息子を差し出したのである。喜んだ奥方は、その子供をこれ以上は出来ないほどに可愛がった。一方、彼女は自分の本当の息子の方には、まるで見向きもしなかったのである。

これは親子関係を考えるにあたって非常に示唆に富む話だ。

何年か前フランスで、既に亡くなっているある男優の娘だと名乗り出た女性が、信用されなかったので、父の遺体を掘り起こし、ＤＮＡ鑑定をして事実を証明したという新聞記事が載った。それを読んで私は、詳細はうろ覚えながら、科学の発達は凄いものだと感心した記憶がある。現代では、親子であるかどうかは斯様にすぐはっきりするけれど、一昔前にそれを証明するのは非常に難しかったに違いない。二人の子供を判別した有名な「ソロモンの叡智」(旧約聖書)が思い出される。

さて、ふたりの遊女が王のところにきて、王の前に立った。ひとりの女は言った、「ああ、わが主よ、この女とわたしとはひとつの家に住んでいますが、わたしはこの女と一緒に家にいる時、子を産みました。ところがわたしが産んだ後、三日目にこの女もまた子を産みました。そしてわたしたちは一緒にいましたが、家にはほかにだれもわたしたちと共にいた者はなく、ただわたしたちふたりだけでした。ところがこの女は自分の子の上に伏したので夜のうちにその子は死にました。彼女は夜中に起きて、はしための眠っている間に、わたしの子をわたしのかたわらから取って、自分のふところに寝かせ、自分の死んだ子をわたしのふところに寝かせました。わたしは朝、子に乳を飲ませようとして起きて見ると死んでいました。しかし朝になってよく見ると、それはわたしの産んだ子ではありませんでした」。ほかの女は言った。「いいえ、生きているのがわたしの子です。死んだのはあなたの子です」。初めの女は言った。「いいえ、死んだのがあなたの子です。生きているのはわたしの子です」。彼らはこのように王の前に言い合った。

この時、王は言った、「ひとりは『この生きているのがわたしの子で、死んだのはあなたの子だ』と言い、またひとりは『いいえ、死んだのがあなたの子で、生きているのはわたしの子だ』と言う」。そこで王は「刀を持ってきなさい」と言ったので、刀を王の前に持ってきた。王は言った。「生きている子を二つに分けて、半分をこちらに、半分をあちらに与えよ」。すると生きている子の母である女は、その子のために心がやけるようになって、王に言った、「ああ、わが主よ、生きている子を彼女に与えてください。決してそれを殺さないでください」。しかしほかのひとりは言った、「それをわたしのものにも、あなたのものにもしないで、分けてください」。すると王は答えて言った。「生きている子を初めの女に与えよ。決して殺してはならない。彼女はその母なのだ」。イスラエルは皆王が与えた判決を聞いて王を恐れた。神の知恵が彼のうちにあって、裁きをするのを見たからである。(「列王紀上」第三章一六―二八節)

*王の裁き

472　髭のオットー

タイトルは「髭のオットー」となってはいるが、これはむしろ激し易い一途な英雄ハインリッヒの物語だろう。

オットー大帝(二世　九五五―九八三年)は国中で恐れられていた。赤く美しい髭を伸ばしていた帝は厳しい人で、あまり寛容ではなく、その髭にかけて誓ったことは必ず実行したのである。

ある時、帝はバンベルクの宮廷に王国の聖や俗の偉い面々を呼んで、華麗なパーティーを開いたことがあった。復活祭の朝、大帝は総ての面々と荘重なミサを聞くため、聖堂の中へ入っていき、その間に宮殿ではテーブル上にパンや美しい多くの盃がのせられて、宴会の準備が整えられていたのだった。その宮殿では、名門の出の快活な男の子が手伝っていた。父親はシュヴァーベン大公で、その子は唯一人の跡継ぎだったのである。

偶然テーブルの前へやって来たこの美しい少年は、そのきゃしゃな白い手を柔かいパンに伸ばして、食べようとした。子供というものはみんな、美味しそうな物をかじりたがるものだろう。さて、少年がその白パンを少しちぎった時、そこへ宴会の責任者であるステッキを持った内膳の正（宮内官職中最も重要なポストの一つ）がやって来たのだ。彼は怒って、少年の頭と髪が血だらけになってしまったほど激しく不器用に打ち付けたので、思い切り叩かれた少年はくず折れて熱い涙を流した。

その出来事をハインリッヒ・フォン・ケンプテンという勇者が見ていたのだ。少年と共にシュヴァーベンから来ていた彼は、厳格なその子の教育係だったのである。勇者は、ひ弱な子供をそんな風に容赦なく打ち据えたことにいたく腹を立てて、内膳の正にその誤った行為を正すべく、怒鳴りつけたのであった。内膳の正は、宮殿のあらゆる悪戯者をステッキで阻止することは、職権により許されているのだと言った。そこでハインリッヒは一本の太い棍棒を手に取ると、それで内膳の正の頭蓋骨を叩き割ってしまったのである。頭は卵のように割れ、内膳の正は死んで床に倒れた。

その間に聖堂の人々は礼拝と賛美歌を歌い終えて戻り、血だらけの床を見た大帝は、そこで何が起こったのかを尋ねたのである。ハインリッヒ・フォン・ケンプテンが直ちに御前に呼び出され、オットー大帝は怒り狂いながら叫んだのだ。

「余の内膳の正をここで打ち殺したお前に、余は復讐を誓うぞ。この髭にかけてな」

本当の誓いがなされて、自分の命が危ないのを知ったハインリッヒ・フォン・ケンプテンは、冷静にそして素早く大帝に飛び掛り、その長く赤い髭を摑んだのである。彼は髭をいきなり食卓に向けて引っ張ったので、オットーの頭から王冠が広間の床に転げ落ちた。

大帝をこの怒り狂った男から解放するため、諸侯たちが飛び掛ろうとした時、ハインリッヒは大声で叫び、剣がきらりと光った。

「誰も俺にさわるな。さもないと、大帝はここで亡くなられることになるぞ！」

皆は後ずさりし、窮地に落ち込んだ大帝は皆に目配せをした。

物怖じせず、ハインリッヒは言った。

「陛下、もし死にたくなば、拙者の安全を保証して下され！」

喉に剣を突き立てられていた大帝は、すぐに指を高く差し出して、皇帝の名誉に掛けて高貴なる騎士を讃え、その命を保証したのであった。ハインリッヒはその確証を得るや否や、赤い髭から手を離して大帝を起き上がらせた。

大帝はすぐに首座に坐ると、髭を撫ぜながら言ったものだ。

「よいか、そなたの命は保証した。したがって、己の道を行くがよい。だが、二度と再び余の目に触れぬよう気をつけよ。この宮殿と国から立ち去れ！　そなたは家臣としては難しすぎるし、余の髭も永遠にそなたのナイフを避けていたいでな」

そこでハインリッヒは騎士たちや仲間みんなに別れを告げると、郷里シュヴァーベンに向けて出発し、修道院からもたらされた地に一人ぼっちで立派な生活を送ったのである。（後略）

この物語は二つの出来事から成っている。まずはじめは、焼き立てのパンをつまみ食いした可愛い男の子が、内膳の正に頭を強く叩かれて血まみれとなり、それに怒ったハインリッヒが内膳の正を太い棍棒で殴り殺してしまったこと。

次に、このことでオットー大帝の逆鱗に触れ解雇されたハインリッヒが、敵の策略で身に危険が迫っていた大帝を、偶然の成り行きから救い出したことである。しかし、長くなるので、こちらの話は省略した。

失意の底にありながらも、主君のためには命を投げ打って戦うハインリッヒは、まさに理想的な立派な騎士であったろう。己の名誉を一番尊重して死ぬのは騎士としては当然であったし、当時そうした「良き死」を迎えられれば、天国へ行くことが約束されたようなものであった。これらの出来事は九〇〇年代のことで、「主君に忠実で、弱者を助け、戦士としての名誉を重んじる」といった、古き良き騎士の伝統が生きていた時代といってもいいのである。

一〇九五年に第一回十字軍が結成され、その後度重なる十字軍によってエルサレム近くに植民地が作られるようになると、優秀な騎士を集めた「騎士団」が作られたのであった。つまり、優秀なメンバーが殆ど本国を離れてしまった結果、残った中には碌な騎士しかいなくなってしまったのである。

髭は男らしさや勇気、英知のシンボルであり、だからこそオットー大帝も己の髭にかけて誓ったことは必ず実現させたのだろう。それにしても、神ではなく髭にかけて誓うとは、何とも変った人物ではある。

古代エジプトの女王は、王と平等の権力の印である髭を生やして描かれていたという。女や髭の薄い男にとって、勇気と英知を示す手段として見せ掛けの髭は、やはりとても重要なものだったにちがいない。

478　ランパルテンのオットー王

オットー王は大軍を率いてランパルテンへ行き、ミラノを手中に収め、そこでオッテリーンと呼ばれる硬貨を発行した。

王がその地を去ると、人々はオットーコインを悪く言って退けた。オットー王は再びミラノへ戻ると、古い皮で出来た硬貨を使わねばならぬと人々に強要したのである。

この時、一人の女が王の前に進み出て、ある男に暴行されたと訴えた。

王が、「もし余が再びこの地へやって来たなら裁いてやろう」と言うと、女は、「王様は、それをお忘れになってしまうのではないでしょうか」と答えたのだった。

王は教会を指差して女に言った。

「あの教会が余の証人じゃ」と。

再びドイツへ戻ったオットーは、謀反を起こした彼の息子ルドルフを屈服させた。それから王がこの後またランパルテンへとやって来た時、女に指で示したあの教会の側を通りかかったので、女の苦悩の裁きを下してやろうと思ったのだ。王は女を呼び出させ、訴えを聞くと、彼女は「王様、あの男はあれから私と結婚いたしました。そして私には彼の可愛い子供たちがいるのでございます」と言ったのだ。

すると王は、「オットーの髭にかけて誓ったことだ！　その男は余の手斧を味わうがよい！」と言って、女に約束したとおり、悪事を働いた者を法に従って処罰せよと命じたのである。

したがって、王のこの裁きは、女の意に反するものとなったのだった。

この話は、王たる者の性格を表していて非常に興味深い。ちょっとまぎらわしいのだが、こちらのオットーは472「髭のオットー」の父オットー一世の話である（彼のイタリア遠征は九五一—九五二年）。

昔の王の役割とは分配者であり、戦利品であれ年貢であれ、良い王は気前よく臣下に贈り物、施しとして分け与えたのである。

王のイメージには、自律、自制、統合的認識、良心への欲求が集約される。その意味で王は英雄、聖者、父親、賢者とともに、人間的完成の元型であり、自己を実現するためにあらゆる精神的エネルギーを動員する。しかしこのイメージは、無統制な権力への意志の表れである、圧制者のイメージに堕することもある(50)。

オットー王に裁きを願った女は、人間的完成のイメージたる王に正しい判断を仰ぎたかったということなのであろう。オットーが教会を指差して誓いをするのも、神と約束した言葉を破ったならば、絶対的に罰を受けねばならない、つまり王としての責任を必ず全うするといった決意の表れであろう。

ところで、カール大帝の時代（八〇〇年頃）に、（キリスト教を広めるために国王が協力する）カロリング・ルネッサンスの大きな動きが起こっていた。それは十二〜十四世紀にルネッサンスの先駆けとされ、文芸復興と呼ばれている。当時は世俗のもめごとなどを裁くのも王の役割で、オットーのこの伝説はその状況をよく表しているのではないだろうか。このような状況が変ってくるのは十世紀頃からで、十一世紀になると教会が結婚に関する裁判権や、様々な俗事のことに関わり出してくるのである。

5　死者たちの宴

古城街道にて

死者と生者

＊死に際に会いにくる幽霊

私の伯母の話によると、数十年前に亡くなった伯父は死の数日前、はるか昔に死んだはずの自分の母の亡霊を何度も見たらしい。伯父が病院のベッドに横たわりながら、「ほら、あそこにお袋が来ているぞ」と言っても、伯母にその姿はまるで見えなかったということだ。後になって伯母は、死に直面した息子を母が迎えに来てくれたのではないかと語っていた。

私の伯父の時とは逆にこのテキストでは、動けるはずもないまさに死なんとしている人間が別の人のところにひょっこりと現れている。喪服に身を包んだ高貴な婦人は、やはり死ぬ前女王に最後のお別れを言いに来たのだろうか。

342 死者たちの集い

ある女王が亡くなって、遺体の横たわる豪華な寝台が黒い幕の下りた弔いの大広間に置かれていた。夜にその大広間は蠟燭で明るく照らし出され、控えの間では一人の大尉が四十九人の兵と共に見張り番をしていた。

真夜中頃、大尉は六頭立ての馬車がさっと宮殿の前にやって来るのを聞いて下へ降りていくと、喪服に身を包んだ高貴で上品な一人の婦人が彼に歩み寄って来て、そしてほんの少しの間、死者と過ごしたいと許可を求めたのだ。彼は、そのようなことを承諾する権限が自分にはないと婦人に説明した。しかし彼女はよく知られた名前を名のり、故人の女性宮内庁官として彼女には女王が埋葬される前にもう一度お目に掛かる権利が与えられてしかるべきだと言うのだった。

大尉はためらっていたのだが、婦人が長いこと迫ったので、もうこれ以上異議を唱えるのは失礼であると思い、彼女を招き入れたのである。

大広間のドアを再び閉めた後、大尉自身は外を行ったり来たりしていた。しばらくして彼がドアの前に立ち止まって聞き耳を立てて鍵穴から中を覗いてみると、死んだはずの女王が姿勢を正して座り、小声で婦人に話しかけているのが見えた。しかし目は閉じられ、唇がほんの少し動いている以外は、容貌に他の生きている証は見られなかった。大尉は兵士たちに次から次へと中を覗くよう命じたが、誰もが同じ光景を目にしたのである。最後に大尉自身がもう一度近づいてみると、死者はちょうどゆっくりと豪華な寝台に再び横になるところだった。

その後すぐ婦人は再び外に出てきて、大尉に下へと案内された。大尉は婦人を馬車に乗せながら、その手が氷のように冷たいと思った。馬車はやって来た時と同じように素早く去っていった。大尉は遠くの方で馬が火花を吐き出すのを見た。

宮殿から何時間も離れた別荘に住んでいるはずの女性宮内庁官が、ちょうど彼女が死者のところにいた真夜中のその時間に亡くなったという知らせが届いたのは次の日の朝だった。

これに似た話が『遠野物語』にもいくつか載っている。

八六　土淵村本宿で、三十六、七歳の政という男が豆腐屋をやっている。この政の父が死ぬほどの大病だったのに、近所の普請場で地固めをして杭を打っていたところへ、夕方一人で現れて皆に挨拶し、自分も手伝うと仲間に入り、やや暗くなってから一緒に帰ったのだという。みんなが、「あの人は大病のはずなのに……」と不思議に思っていたら、その日に亡くなったことが後になってわかった。お悔やみの時にみんながそのことを話すと、その時刻はまさに病人が息を引き取った頃なのであった。

八七　名は忘れてしまったが、遠野の豪家の主が病気で命も危なかった頃、ある日ふらりと菩提寺にやってきた。和尚は丁重にお茶を勧め、世間話などをしたのだった。帰ろうとする頃、どことなく様子がおかしいので小僧に後をつけさせたのだ。家に向かう町の角で見えなくなったものの、その道でこの人を見た人は他にもいたのである。皆に普通に挨拶をしていたのだが、この晩に死んで、勿論その日はとても外出などできる状態ではなかったのである。後で、寺ではお茶を飲んだのだろうかと茶碗が置かれた所を見てみると、それは畳の間にみなこぼしてあったという。

八八　これも似た話だ。土淵村の曹洞宗常堅寺は十二の配下寺院を持つ寺である。ある夕方、一人の村人が本宿からの道で某という老人に出会った。老人は以前から大病をしていたので、「もういいのですか」と聞いてみると、「この二、三日気分がいいので、今日は寺へ行く」とのこと。そこで、寺の門前で別れたのだ。常堅寺で老人は和尚に出迎えられ、お茶を飲んだ後しばらくして帰ったのだ。ここでも小僧が後を追うと、門の外で見えなくなってしまったのでびっくりしていると、お茶はまた畳の間にこぼれていた。老人はその日に亡くなったのである。

こうした話が、死に行く人たちの所謂遊体離脱であったとは考えられることではないか。

学生の頃、長期入院していた友人のために献血をしたことがあった。ベッドに横たわる彼が突然、「俺はさっき自分の身体を抜け出して、この近所をぐるりと回ってきたんだ」と説明したのは、私が帰ろうとした時のことだった。部屋の上からベッドにいる自分の姿が見えて、そのあと窓の隙間から外に出て空中を浮遊し、また戻ってきたのだと彼は語った。あの向こうには墓地があって、その先は商店街等々と、彼の知るはずもない地理の説明を聞きながら、私は長い病気のため彼は疲れているのだし、精神的にも混乱しているのかもしれないといった軽い気持で帰宅したのだった。遊体離脱などという言葉を知ったのはそれからずっと後になってからのことである。

彼が説明していた街の様子は確かにその通りであったし、今私は、恐らくあの時本当に彼は自分の身体を抜け出して空中を散歩してきたのではないか、と思っている。我々の常識を超える信じ難い出来事はあり得る事で、私は伝説「死者たちの集い」も『遠野物語』の話も、恐らく実際にあった可能性が高いのではないかと思う。

＊首を括られた男たち

336 絞首台からのお客たち

かなり大きな町に住む旅館の亭主が、二人のワイン業者と葡萄山へ行ってまた戻ってきた。その山で彼らは相当数のワインの在庫品を買い入れてきたのである。道は絞首台の側を通っていた。彼らはほろ酔いだったけれど、もう何年も前に首をくくられて処刑された三人の死体に気づいたのであった。その時、二人のワイン業者のうちの一人が叫んだ。

「ねえ、熊屋のご亭主、ここにぶら下げられているこの三人の仲間たちも、あんたの所のお客だったんだよね」

「へえ」

と亭主は酔った勢いで言った。「今晩、三人とも俺の所へ来て一緒に食事をしてもいいぞ！」

何が起こっただろう。

このように亭主が酩酊して家に着き、馬から下りて居間で腰を下ろした時、彼は激しい不安に襲われたのだった。そこで亭主は誰かを呼ぶことも出来なかった。

しかしながら、彼のブーツを脱がせに下男が入ってきた時、下男は半死半生で肘掛け椅子に横たわる自分の主人を見つけたのである。下男がすぐに主人の妻を呼ぶと、妻は強い酒でほんの少し夫の元気を回復させ、何が起こったのかと尋ねたのであった。

それに応じて夫は彼女に、自分が絞首台の側を馬で通り掛った時に、三人の首をくくられた者たちをお客として招いたと話したのだ。そして彼が自分の部屋へ戻ってみると、この三人が絞首台にぶらさがっていたような恐ろしい姿で部屋の中に入ってきてテーブルにつき、近くに来るようにたえず彼に合図をしたのだという。その時やっと下男が部屋に入ってきたので、三人の亡霊は皆消えてしまったのだ。

このことは酒に酔って罪人たちに呼びかけた亭主の、単なる幻覚とされた。しかし、亭主は床について三日後に死んでしまった。

これは多分に教訓的な話だ。最後にテキストは、「亭主の単なる幻覚に過ぎない」と理性的な説明を付してはいるものの、それでも本人は三日目に世を去ってしまうのだから、何とも不気味な印象だけが残される。

古来、絞首刑になった犯罪人の死体や絞首台には強い魔力が宿っているとされ、いくら酔っていたとはいっても死者たちを戯れに自分の所に招き寄せるなどとんでもないことだったのである。

＊蘇る死者

この伝説は、フランク王国の王ダゴベルトとシュトラスブルクのアルボガスト聖人とが昵懇《じっこん》の仲であったと伝えている。しかしアルボガストの没年は五五〇年、ダゴベルト王の在位は六二三～六三八年だから、時代的にこの二人が出会うはずはないのだけれど、このあたりが伝説の伝説たる所以といえるのであろう。

ダゴベルトの幼い息子ジーゲベルトが狩の時、突然現れた大猪に驚いた馬から落ちて踏み付けられてしまう。狩人たちが抱き起こして城へ連れ戻したものの、ジーゲベルトは翌日死んでしまったのだ。ダゴベルト王はある臣下の忠言を聞き、アルボガスト聖人を呼びにやったのである。

た。

437　聖アルボガスト

聖人はすぐにやって来ると、多くを語り嘆いた後で死体の前に跪《ひざまづ》き、聖母マリアに呼びかけた。

「マリア様、あなたが全世界の命を生み出されたように、この子にもその命を再び得させて下さいませ」

すると少年は再び生き生きとして、死装束のまま立ち上がったのだ。皆は死装束を脱がせ、王子の衣服を着せた。その時、王と王妃そして家臣たち皆は、聖人の足元に平伏して彼の恩寵に感謝した。

聖人は金も銀も受け取ろうとはしなかったが、王は聖人の助言に従って、シュトラスブルクの聖母大寺院に、畑や森、牧場のあるルーファッハの土地を寄付したのであった。

この話はキリスト教のプロパガンダの一つだろう。神を信じると、こんなにも素晴しい御利益があるという訳だ。

フランスとベルギーの統計によると、六世紀から十一世紀まで新たに建てられた修道院は計二千八百二十二あり、うち二百二十三が女子修道院である。

ミュンヘンの聖母教会

これは十パーセント足らずだが、その後、三十二・七パーセントまで増え、十一世紀頃にはフランスにかわってドイツ、特にザクセン地方が女子修道院の中心地となってくる。こうした修道院は一般に貴族の所領に建てられ、寄進されたものである。(51)

聖人アルボガストが、子供を甦らせるのにお願いしたマリアが崇拝され出すのは十二世紀以降で、彼女の「母にして処女」のイメージが広まり、聖職者や修道士たちが慈愛に満ちた母としてのマリアにすがったのである。その後、マリアによる奇跡譚が増えて、マリアに捧げられる教会も数多く建てられたのであった。今日ヨーロッパを旅すれば、各地にある聖母教会の多さに我々はすぐに気づくであろう。

この伝説は当然、マリア信仰がヨーロッパに流行してきた十二世紀以降に成立したのだろうと思って調べてみると、グリムの「出典と付記」に、これは次の438「ダゴベルトとフロレンティウス聖人」同様、十四世紀に『エルザス年代記』(Elsäss Chronik)の著者ケーニッヒスホーフェン(Königshofen)によって書かれたものとあった。当時マリア信仰はまだまだ健在であったが、長いこと強調されたのはその処女性のみであり、彼女の母性に目が向けられるようになるのはやっと中世後期になってからである。それまでは処女こそが聖性に近づく道だったのが、十三世紀以降、母親としての女性も肯定的に評価されるようになってきたのである。

この世とあの世の狭間で

*岩の上の不思議な一夜

エーガー河畔に巨大な岩塊があり、それにまつわる伝説がある。ヨーロッパには石に関係する話が多い。人々は石の中には無限の力が秘められており、石は生命を持っていると考えていた。したがって石は民間治療や魔除け、占い等に使われ、巨石に対する信仰もヨーロッパ各地に見られるのである。

152 ハイリングの小人

エーガー河のほとり、ヴィルデナウ屋敷とアイヒア城との間に、昔からハイリングの岩と呼ばれている途方もなく大きな岩が聳えている。この岩の下の方に洞穴があって、中はアーチ型になっているのだが、外部からは身をかがめて這って進まねばならないほどの小さな隙間しか見えない。この洞穴には小さな小人たちが住みついていて、最後にはハイリングという無名の老人が君主として支配していたという。

昔ある時、タシュヴィッツ村生まれの一人の女が聖ペテロとパウロの日の前日、森へ行って苺などの実を探そうとした。そのうち夜になってしまい、彼女にはこの岩の横に綺麗な家が立っているのがわかった。中へ入って扉を開けると、一人の老人が机の側に坐ってせっせと熱心に書き物をしていた。女が泊めてくれるよう頼むと、快く受け入れてくれた。

しかし部屋の中には老人以外に誰もおらず、激しくがたがた音がしていた。身の毛もよだつほどぞっとした女は老人に尋ねた。

「私がいるのは、一体どこなのかしら」

老人は、自分がハイリングという名で間もなくまた旅立つことになるだろうと答えた。「何故なら、私の小人たちの三分の二が既に逃げて行ってしまったからね」

この奇妙な返答は女を更に不安にさせた。もっと尋ねようとしたのだが、しかし老人は彼女に黙るよう要求し、ついでに次のように言った。

「まさに、こんなへんてこりんな時間でもなかったなら、あなたは決して泊まる所を見つけられなかっただろうね」

びくびくしていた女は、従順に隅っこに這っていって安らかに眠ったのであった。だが、朝、岩の真っ只中で目を覚ました時に、彼女は夢を見ているのかと思った。というのは、どこにもあの綺麗な家が見当たらなかったからである。こんな危ない場所で何の危害も加えられなかったことを彼女は喜び、満足して自分の村へ急ぎ戻ったのだった。

村は全てが様変わりして、変な感じであった。

村の家々は新しく建て方も違っており、出会った人々は彼女を知らなかったし、彼女も彼らを知らなかった。苦労して、女はやっとかつて住んでいた小さな家を見つけ出したのだが、この家もまた以前よりよく手入れがされていたのである。昔、彼女の祖父が植えた樫の木だけが、まだそこを影で覆っていた。

しかし女が小部屋に入ろうとすると、見知らぬ住人たちに「よそ者は出て行け」と追い出され、彼女は嘆き悲しみながら村をあちこち走り回っていたのであった。人々は、この女は気がふれているのだと思って役所に連れて行き、尋問したり取り調べたりしたのである。その結果、ちょうど百年前の同じ日に、同じ名前の女が森へ苺摘みに行って二度と戻らず、見つけられなかったことが回顧録や教会記録簿からわかったのである。こんな訳で、彼女が丸百年間岩の中で眠り、その間ちっとも年をとらなかったことがはっきり証明されたのだった。

さて、彼女は残りの人生を穏やかに何の心配もなく、楽しく暮らした。

彼女が耐え忍ばねばならなかった魔法にかけられた償いとして、村の住民たちみんなはきちんと彼女の面倒をみたのであった。

昔、ある女が聖ペテロとパウロの日の前日に草の実を探しに森へ行き、岩の横にあった綺麗な家に泊めてもらったことから奇怪な体験をすることになった。

女がハイリングの岩塊の家に泊めてもらったのが、よりによって聖ペテロとパウロの日（六月二九日）であったのは、彼女が不思議な体験をする布石となっているかのようだ。イエスによって岩（ペテロ）と名づけられた聖ペテロは、正しく岩塊のシンボルとして相応しく、また旧約聖書でも詩篇作者たちは苦境にあって、ヤハウエの力を象徴する岩のような神に加護を祈ったのである。モーセも、民の飲む水がなかった時、主に言われた通りに杖で岩を打って、その中から新鮮な水を湧き出させている。

あなたは民の前に進み行き、イスラエルの長老たちを伴い、あなたがナイル川を打ったつえを手に取って行きなさい。見よ、わたしはオレブの岩の上であなたの前に立つであろう。あなたは岩を打ちなさい。水がそれから出て、民はそれを飲むことができる。（『出エジプト記』第一七章五―六節）

この岩がキリストを予示していることを、パウロは『コリント人への第一の手紙』の中ではっきりと述べている。

わたしたちの先祖はみな雲の下におり、みな海を通り、みな雲の中、海の中でモーセにつくバプテスマを受けた。また、みな同じ霊の食物を食べ、みな同じ霊の飲み物を飲んだ。すなわち、彼らについてきた霊の岩から飲んだのであるが、この岩はキリストにほかならない。(『コリント人への第一の手紙』第十章一―四節)

女が岩の上で一夜を明かすことになった聖ペテロとパウロの日(六月二十九日)について、ここで少し補足しておこう。

聖書では、イエスとバプテスマのヨハネは半年違いの同じ歳ということになっているけれど、これもキリスト教がヨーロッパに普及してきた昔、新興宗教が人々に受け入れ易い様に土着的信仰のあった夏至と冬至とをそれぞれ二人の誕生日としたのである。キリスト教はこのように、様々な分野の良いエキスを巧妙に取り入れながら世界宗教になっていったのだ。

ユダヤの祭司ザカリヤと妻エリサベツの子であるヨハネはイエスより半年早く生まれているとなると、イエスの誕生日(クリスマス)が十二月二十五日とされているから、ヨハネは当然六月二十四日生まれなのである。つまりはケルト人の夏至のお祭りを、後からやって来たキリスト教徒たちが取り入れて、聖人の日にしてしまった訳だ。

聖ヨハネ祭は、元々火祭りを伴う盛夏崇拝であったケルトのガーウェイン盛夏祭りからきている。ケルト人には、火を焚いて太陽を助けることによって、日が短くなるのを引きとめようとする風習があったようだ。これ以外にも、聖ヨハネ祭の前夜から当日の夜明け前までに薬草を集める風習があるのだが、それは一番太陽の強い時に育った薬草には、最も強い魔力（効力）があると信じられていたからである。[52] 蓬もドイツやオランダ、ウエールズ等で聖ヨハネの草と呼ばれ、この夜に摘まれる薬草の一つで、それを火祭りの煙にあてて浄化し、戸口に吊るして悪霊（つまり病気や災い）を防いだのである。

＊この世ならぬ国への入口

埋葬された祖先への崇拝とも相まって、洞穴は冥界への入口と見なされ、多くの民族の起源神話や再生神話にもよく登場する。

アジアでは人間は一種の洞穴と見なされていたかぼちゃから生まれた。かぼちゃは洞穴に育ち、仙人たちがそれを採りに行くのだ。

竅《きょう》（あな、体のあな）は子宮でほら穴である。人はそこから生まれ、そこに帰る。古代中国の皇帝たちは新年の初め、地下の洞窟に閉じ籠もり、天に昇る力を身につけた。

ほら穴に入るとは、したがって起源への回帰であり、そこから、「天に昇ること、宇宙から外へ出ること」になる。それゆえ、中国の仙人はほら穴に足しげく通い、老子はほら穴に生ま

れたといわれ、仙人の呂洞賓《りょどうひん》は「ほら穴の主」なのである。(53)

西洋で洞穴に住むのは工夫、小人、妖精、隠された財宝の番人とされる。洞穴に住むこの中国仙人の姿は、家の中で机に向かって一所懸命に書き物をしている老人ハイリングによく似てはいないだろうか。

ハイリングの家で一晩眠って目を覚ましてみると綺麗な家は消えていたので、女はてっきり夢を見たのだと思っていたのに、実際は「野ばら姫」(「眠りの森の美女」)と同じように百年の月日が経過していたのだ。

あるいは、読者が思い出すのは、日本の民話、「浦島太郎」の話かもしれない。尤も、この話が浦島太郎と似ているのは、俗界と異界の時間の流れの違いがあきらかになっている点だけで、「ハイリングの小人」には亀の動物報恩譚や玉手箱、そして美女(美男)等々は全く登場してこない。龍宮城で美女と飽食の楽しい時を過ごした浦島にとって、その時間があっという間だったのは、幸福で充実した時間は短く、嫌々ながら送る時は長いといったごく単純な説明でもある程度は納得できるかもしれない。けれどハイリングの家で一晩眠っただけの女に、何故それが百年にも値したのかはよくわからない。それでも、巨石に象徴される異界に横たわった女が時の流れから守られていたことだけは、確かなようである。

古来、石や岩は霊的な力を物質化したものと考えられて礼拝の対象とされており、したがってハイリングの洞穴も異界への入口であったとは十分に考えられるのである。日本では那須野が原に出没した九尾の狐が、毒気を吐く殺生石となったので、玄翁和尚が法力によって石を砕き、その霊を成仏させた話などがよく知られている。

＊遠野物語の中の不思議な石の話

ところで、『遠野物語』九五もやはり石にまつわる他愛もない話だ。ここには時間の問題は出てこないが、石に潜む摩訶不思議な力について考えさせられる。しかしこれは岩を集めるのが好きな中年男が見たしばしの幻覚だったのかもしれない。

九五　松崎の菊池某という庭いじりの好きな中年男は、山に入って、草花や形の面白い岩などを家に持ち帰ってくるのが好きだった。少し気が滅入っていたある日のこと、山で今まで見たこともない人の形をした美しい大岩を見つけて持ち帰ろうとしたものの、彼にはとても重すぎた。それでも欲しいので我慢しながら十間ほど歩いていると、ほとんど気絶しそうになってしまった。おかしいと思いながら道端に置いて、ちょっともたれかかっていると、そのまま石と一緒にすっと空中に昇って行くような気がしたのである。雲より上に行ってしまったのかと思っていると、明るく綺麗なその場所には色々の花が咲き、どこからか沢山の人の声が聞こえてくるではないか。それでも石は更にもっと高く昇り、ついに昇りきった頃には気が遠くなってしまった。しばらくして気が付くと、前と同じようにその不思議な石にもたれたままであった。こんな石を持ち帰ったなら何があるか分かったものではないと、怖くなって逃げ帰ってきた。この石はまだ同じ場所にある。彼はこれを見ると、時々いまだに欲しくなることがあるそうだ。

この短い話からも、今まで述べてきたような岩にまつわる不思議な霊力や無限の力といったものを十分に感じ取ることは出来るだろう。私の友人の一人は、「河原の石など取るもんじゃない」と真顔で言う。そこに転がっている多くの石は、昔、戦のため川で死んだ兵士たちの血を吸って怨念が宿っているというのである。

やはり『遠野物語』八には、消えた女がある日突然村に戻ってきた話が載っている。

八　黄昏時に外にいる女、子供は、よく神隠しにあう。松崎村寒戸の若い娘が、梨の木の下に草履を脱いだままいなくなってしまった。ところが三十年ほど過ぎたある日のこと、親戚一同が集まっているところへ、めっきり老けこんでしまったその女が、「みんなに会いたかった」と言って戻ってきたのだ。しかし彼女は、「また行かなくては……」と、再び跡も残さず消えてしまった。それは風の強い日であったので、遠野の人々は今でも風が激しく吹くと、「きょうはサムトの婆が帰ってきそうな日だ」と言うのだ。

ハイリングの家に泊まった女は百年村を留守にして、彼女を知る人は誰もいなくなっていたのだが、サムトの婆さんの場合は三十年ぶりだったから、まだ彼女を覚えていた人が何人かは残っていたのだろう。しかし若い娘が三十年で、「きわめて老いさらぼいて」しまうとは、何とも人生の短さ、そして悲哀を感じさせられる出来事ではある。婆さんとは言っても、彼女は四十代か五十代前半ぐらいと考えられるから、今ならまだまだ老人と言われるほどの年齢ではないはずだ。

サムトの婆さんは、「さらばまた行かん」と再びどこかに消えてしまったけれど、ハイリングの家から戻った女は教会記録簿によって、彼女が本当に百年の間眠っていたことが証明された。女が運命の埋め合わせとして村人たちによって優しく面倒を見られ、安らかな人生を送ったという最後の数行に救われた気がするのは、きっと私だけではないだろう。

死者に連れ去られる美女たち

＊あの世から戻った妻

これはマルティン・ルター（Martinus Luther 1483-1546）のテーブルスピーチである。

95　ヨーハン・フォン・パッサウ

ある貴族の若く美しい妻が死んだ。

その後間もなく、彼女は白い服を着て、毎夜夫の所に現れた。「お前は何者で、何の用があるのか」と夫が尋ねると、彼女は「あなたの妻です」と答えた。「お前は死んで、埋められたじゃないか」と夫が言うと、「そうです。あなたの呪いと罪のせいで、私は死なねばなりませんでした。でも、あなた、もう一度私をそばに置きたいとお思いなら、またあなたの妻になりたいですわ」

「そうか、もしそれが可能だというのならな」

「どんなに特別な呪うべきことがあっても、呪ってはいけません。さもないと自分はすぐまた死んでしまうでしょう」と妻は夫に要求した。

彼がそのことを約束したので、死んだ妻は夫の許に留まり、家を取り仕切り、彼の側で眠り、共に食べ飲み、何人か子供まで出来た。

さて、ある日夫は客を招き、夕食後フルーツに添えるレープクーヘンを箱から持ってくるよう妻に命じたのだが、時間のかかったことがあった。その時、夫がいつものような呪いの言葉を口にして、これ以降、妻は消えていなくなってしまった。

彼女がなかなか戻って来ないので、皆が上の部屋へ行ってみると、そこには妻の着ていた服があり、まるで箱の中にかがみこんでいたかのように袖は箱の中に、他の部分は外に出ていた。妻が消えてしまってからというもの、彼女を見た人は誰もいない。

哀れな話である。妻に約束していたにもかかわらず、夫が再び呪いの言葉を口にしてしまったのは、恐らく平凡な日常生活に慣れだしてきたせいか、あるいは人間の弱さ、忘れやすさのせいなのか。そのために幸せに暮らしていたはずの妻がまた消えていかざるを得なかったのは何ともやりきれない。しかしこうした性格の男は、たとえ人生をやり直すことが可能であったとしても、懲りずにまた何度でも同じことを繰り返すに違いない。

実は、亡き妻と夢の中で話をした体験は私にもあって、あまりにもリアルな夢だったため、後でそれが現実だったのかあるいは夢だったのか判別しかねるほどであった。夢の中で私も妻に「君、死んだんじゃなかったっけ？」などと間抜けな質問をしていた。妻は少しも嫌がらず、「ええ、そうなのよ」と微笑みながら答えていた。そして私は、目の前に妻がいることを何度も自分に確認していたのだった。

テキストの美貌の若妻は夫に、あなたが人を呪い、罪を犯したがために自分は死なねばならなかったと打ち明けている。呪いの言葉に魔力があるのはわかるのだが、これが罪に繋がっているのか、あるいは夫が呪った他に何かしら悪いことをしたのかはよくわからない。いずれにしろ二度と呪いの言葉を吐かないと誓った夫は再び、死んだはずの妻と生活をやり直すことが出来たのであった。

しかし、子供も出来て順調に過ぎていたこの暮らしも、夫の些細なことで口にした呪いの言葉によって、あっという間に消滅してしまうことになる。これは、くれぐれも日々の生活に慣らされて油断してはいけない、更に女房は常に大切にしなさいといった警告なのだろう。

日本の話ならすぐに、小泉八雲の「雪女」や昔話「見るなの座敷」などが思い出されるけれど、どの話も、禁が破られた後に去っていかねばならぬ女の姿が哀れを誘う。

やはり妻に先立たれた男の哀れで切ない話を『遠野物語』からあげておく。

土淵村から海岸の田の浜へ婿に来た北川福二という人は、何年か前の大津波で妻と子を失い、生き残った二人の子と共に元の地に住んでいた。

九九　初夏、ある月の夜に、彼は遠く離れた波打ち際にある便所に起きた。すると、霧の中から二人の男女が歩いてくるのが見えた。近づいてくると、女は死んだわが妻ではないか。彼がわれ知らずはるばる船越村の崎の洞の所まで後をつけて名前を呼んでみると、女は振り返ってニコッと笑ったのだ。もう一人はと見れば、同じ村の者で、やはり津波で死んだ男である。結婚前に二人は付き合っていたらしい。「今はこの人と夫婦になっております」と言う妻に、「子供は可愛くないのか」と言うと、彼女は少し顔色を変えて泣くばかりだった。死んだ人と話をするなんてありえないよな、と彼が悲しくせつなくなって目を落としているうちに、二人は足早に小浦へ行く山陰へと消えてしまった。追いかけようとしたのだが、ふと、「死んだんだよな……」と気づいて、その場に夜明けまで立ち尽くして考えていた。その後、しばらく患ったという。

＊ナイフの表す剝き出しのエロス

次の話は、それぞれテューリンゲン、コーブルクそしてシュレージエンと三つの場所で起きた話を集めたものである。語っているのは一人の老婆である。

116 食事に招かれた恋人

お抱えの書記を好きになったテューリンゲンの女が魔法で彼の心をものにしようとする。彼女は二、三言何事かを呟きながら、パンにナイフを二本十字形に突き立てた。すると眠っていた書記が素っ裸で女の部屋に来て卓につき、女を鋭く見つめたのだ。女が逃げようとすると、彼はパンから二本のナイフを引き抜いて投げつけたので、すんでのところで彼女は怪我をするところだった。この後、書記は戻って行った。

次の日、彼はどこの女が自分をあんな恐ろしい目にあわせたのか知りたいと言っていた。彼は殆ど言い表せないぐらい疲れきって、自分では抑えきれないほど引っ張られ、お祈りをしようとしても急き立てられてしまったのだ。

次に、同じ老婆が語るコーブルクの出来事。

数人の貴族の娘たちが九品の料理から何かを取り除き、真夜中頃それらを取り出して食卓についた。すると娘たちの愛しい人たちがみんな手にナイフを持ってやって来て側に坐ろうとしたので、彼女たちはびっくりして逃げ出した。しかし、一人の男がナイフを後ろから投げつけた。一人の娘は振り返ると男をじっと見つめ、ナイフを拾い上げた。

別の時には、招かれた恋人ではなく本当の死神が小部屋に現れて、彼の砂時計を一人の娘の隣に置き、彼女は実際それから一年後に死んでしまったという。

二つの話に共通しているのは、女（たち）が魔法（Zauberei）を用いて、好きな男（たち）をおびき寄せたこと、そしてやって来た男（たち）は皆それぞれにナイフを持っていた（書記の場合にはパンに突き刺さっていた）ことである。

いずれにせよ女（たち）は、自分の意思で憧れの男を呼び寄せたはずなのに、いざ本当に男たちがナイフを持って現れるとたじろいでしまう。その理由は前述したように、ナイフに象徴されるのが男根であることを考えればすぐに納得がいくだろう。しかもテューリンゲンの書記は素っ裸(ganz nackigt)で小部屋に現れるのだから、女がびっくりして逃げ出そうとしたのも当然であった。十字形に交差したナイフは不吉の証だが、女はわざわざそんなことをしてまでも好きな男に来て欲しかったのだろうか。

翌朝、書記が言う台詞も振るっている。つまり彼は、セックスの欲望は己のまともな意思ではとても我慢できるものではないと言っているのだ。女のせいで彼は疲れきってしまったし、いくら逆らおうと思っても性を抑圧するなんて無理な注文である。お祈りをしたところで、本能には逆らえなかったということだ。

コーブルクの高貴な娘たちについても同じことが言えるのではあるまいか。

娘たちは、元来、完成、完璧を表す数である9から何かを差し引いてしまったから、食卓上にあったのは九品とはいっても、恐らく未完成の料理だったのだろう。オビディウスの「転身物語」によれば、9は魔術と関連を持つ数で、一般に魔法の呪文は九回唱えられ、動作も九回繰り返されねばならない(54)。キリスト教の「九日間の祈り」novenaもこのことと関連しているという。また、魔女の使い魔とされる猫は「九つの命」を持ち、九回生き返る。

ナイフを持った男たちを見た娘たちが驚いて逃げ出すのも、まずはむき出しの男根に対する恐れだろうが、一方ではまた性への興味も捨てきれないアンビヴァレントな気持の表れと言える。だから、ナイフを投げつけられた娘の一人は後ろを振り向いてじっと男を見つめ、それを拾い上げたのだ。何ともエロティックな話ではある。

テキストには、別の時(ein andermal)にも娘たちが恋人たち(Buhlen)を招いたとなっているから、快楽の味を覚えた彼女たちは、何度かこうしたことを繰り返していたのだろう。そして結局死神が現れ、一人の娘は一年後に死んでしまった。これは性の快楽に溺れてはならないという婉曲な警鐘のようにも思われるのである。

註

（1）アト・ド・フリース『イメージ・シンボル事典』山下主一郎・他訳。大修館書店。一九八四年
（2）マイケル・グラント『ギリシア・ローマ神話事典』西田実・他訳。大修館書店。一九八八年
（3）ジャン・シュヴァリエ・他『世界シンボル大事典』金光仁三郎・他訳。大修館書店。一九九六年
（4）（1）と同書
（5）バーバラ・ウォーカー『神話・伝承事典』山下主一郎・他訳。大修館書店。一九八八年
（6）松村武雄編『オーストラリア・ポリネシアの神話伝説』（「世界神話伝説大系21」）名著普及会。一九二八年
（7）森島恒雄『魔女狩り』岩波新書。一九七〇年
（8）（7）と同書
（9）（5）と同書
（10）西尾光一『今昔物語』社会思想社。一九六五年
（11）『初版グリム童話集』1。吉原高志・他訳。白水社。一九九七年
（12）稲田浩二・他編『日本昔話事典』弘文堂。一九九四年
（13）『折口信夫全集』第十五巻。（「座敷小僧の話」）中央公論社。一九六七年
（14）遠野常民大学『注釈・遠野物語』後藤総一郎監修。筑摩書房。一九九七年
（15）（1）と同書
（16）『宮沢賢治童話大全』講談社。一九八八年
（17）ヴィルヘルム・グレンベック『北欧神話と伝説』山室静訳。新潮社。一九七一年

(18) A. Aarne. Thompson. “The Type of the Folktale” Academia Scientiarum Fennica Helsinki. 1981.
(19) J.Bolte. G.Polivka: Anmerkungen zun den Kinder-und Hausmärchen der Brüder Grimm. Olms-Weidmann. Hildesheim. 1994
(20) (12) と同書
(21) (2) と同書
(22) 澁澤龍彦『妖人奇人館』河出文庫。一九八四年
(23) フロイト『精神分析学入門』(世界の名著49) 懸田克躬訳。中央公論社。一九七六年
(24) 小泉八雲『小泉八雲怪談奇談集』上。森亮・他訳。河出書房新社。一九八八年
(25) 石塚尊俊『日本の憑きもの』未來社。一九五九年
(26) 柳田国男『日本の昔話』新潮社。一九八三年
(27) (18) と同書
(28) (26) と同書
(29) 『日本書紀2』(日本古典文学全集3) 小島憲之・他校注。小学館。一九九六年
(30) 『日本大百科全書』小学館。一九九六年
(31) (2) と同書
(32) (1) と同書
(33) G・ハインツ=モーア『西洋シンボル事典』野村太郎・他訳。八坂書房。一九九四年
(34) 池上俊一『魔女と聖女』講談社現代新書。一九九二年
(35) 吉田八岑・他『ドラキュラ学入門』社会思想社。一九九二年
(36) カール=ハインツ・マレ『首をはねろ!』小川真一訳。みすず書房。一九八九年

(37)（14）と同書
(38)呉茂一『ギリシャ神話』新潮社。一九六九年
(39)ミシュレ『魔女』上。篠田浩一郎訳。岩波書店。一九八三年
(40)春山行夫『花の文化史』講談社。一九八〇年
(41)（30）と同書
(42)井上靖『楼蘭』新潮文庫。一九六八年
(43)（35）と同書
(44)（42）と同書
(45)阿部謹也『中世を旅する人びと』平凡社。一九七八年
(46)（3）と同書
(47)（3）と同書
(48)阿部謹也『西洋中世の男と女』筑摩書房。一九九一年
(49)塩野七生『チェーザレ・ボルジアあるいは優雅なる冷酷』新潮社。一九七〇年
(50)（3）と同書
(51)（34）と同書
(52)（40）と同書
(53)（3）と同書
(54)（1）と同書

ミュンヘンにて

おわりに——あとがきにかえて

『グリム童話集』は聖書に次いで人々に読まれている本なのに、同じグリム兄弟による『ドイツ伝説集』の方は不思議なことにほとんど知る人がいない。その理由は様々だろうが、私なりに考えてみると、多くがハッピーエンドとなって悪が徹底的に懲らしめられ、読者（聞き手）がほっとした気持になれる収集童話に較べて、伝説は悲劇に終わることもあるし、事実のみをただ淡々と伝えているだけの場合もあり、物語性という点での面白味に欠ける話が多いからではないだろうか。

そこでここでは全部で585話ある伝説集の中から、特に怖い話や奇妙な話、そして不思議なほど日本の伝説に似た話等を中心にまとめてみた。そのような理由から、白鳥の騎士「ローエングリーン」や「ハーメルンのネズミ捕り男」といった有名な話はあえて取り上げなかった。それらはまた別にご紹介できる機会があるかもしれない。

さて、最後にあとがきにかえて、330「髭を伸ばした乙女」をご紹介しよう。

ここで王女に惚れた王は、きっと彼女の美しい外見だけが重要だったのだ。愛と憎しみとは紙一重。これは報われぬ愛に怒った男（つまりは昔のストーカー）の手前勝手な復讐物語なのである。

330　髭を伸ばした乙女

ザールフェルトの川の中州に一軒の教会が建っている。近くに架かっている橋の階段を下りてそこへ行くことが出来るが、今ではもう説教は行われていない。

この教会に町の紋章あるいは印として、十字架にかけられた修道女が石に彫られている。修道女の前にはバイオリンを持った男がひざまずいて、側に上履きが転がっている。

これには次のような話がある。

この修道女はある王の娘で、ザールフェルトの修道院で暮らしていた。王女はとても美しかったので一人の王が彼女に惚れ込み、自分を夫にするまでは諦めようとしなかった。

王女は神への誓約に忠実でありたかったから、絶えずその申し出を拒絶していた。だが、王が繰り返し懇願するので、もはや彼から身を守ることが出来ないと悟った彼女はついに、外見の美しさを取り去り不恰好で醜い姿にして自分を救って下さるよう神に願ったのである。

神はその願いを聞き入れられ、この時から王女には長くて醜い髭が生えてきた。これを見た王は憤激し、彼女を十字架に打ち据えさせたのだ。

しかし王女はすぐには死なず、二、三日十字架上で言葉に表せないほどの痛みに苦しまねばならなかった。この状況を特に哀れんだ一人の辻音楽師がそこへ来て、王女の苦痛を和らげ断末魔の苦しみを楽にしてあげたいと思って、上手にバイオリンを弾きだした。

彼は疲れてもう立っていられなくなると、ひざまずいてその慰めの音楽を絶え間なく鳴り響かせたのである。聖なる乙女はとてもそれが気に入って、報酬と思い出として、金と宝石で刺繍された高価な上履きを片方の足から下へ落としたのであった。


ザールフェルト（Saalfeld）を訪れたのは秋の終わりの頃だった。『グリム・ドイツ伝説集』によく登場するこの町に、前から一度は来てみたいと思っていた。以前は、旧共産圏であった東ドイツという事情もあって、ビザを申請しなければならなかったり、日数を制限されたり、訪問しようとしてもなかなか面倒だったのである。

町の近郊には丘といってもいいほどの低い山々が連なり、その手前にさほど太くもない川が流れていた。川は緩やかに蛇行しながら山々のすぐ側を流れたり、またすぐに遠ざかっていったりするのだった。

町に到着したのは昼過ぎだったのに、駅周辺にほとんど人影はなく、みなこの時間に一体どこで何をやっているのかと不思議な感じがした。しかし、ここはインターシティー（ＩＣ）特急も停車し、思っていたよりもずっと大きな町だったのである。

昔、私はグリム兄弟の古里である中部ドイツ、ヘッセン地方と岩手県遠野の風景がどことなく似ていると思ったのだけれど、ザクセン州にあるこのザールフェルトにもそれと似たような印象を受けた。とはいっても、前述の二箇所がたおやかな山々に囲まれた比較的広い盆地であるのに対して、こちらは低い丘が間近に迫る狭い土地である。

岩手やヘッセンの地形が昔話の語り継がれていくに相応しい風土とすれば、ザールフェルトはもっと厳しい生活が身近にあったという感じがするのだ。勿論、岩手やヘッセンだって現実は厳しかったには違いないのだが、冬の寒さもシベリアや北ヨーロッパに較べれば、まだいい方だったろう。つまり、この地方は噂やある一つの話が伝わっていくほどのスペースには欠けていたのではあるまいか。ある話が人から人へ横の方向に、かつまた親から子、そして孫へと縦の方向にも伝わっていくとするならば、ザールフェルトはきっと横方向へ伝承されるべき広さが足りなかったのだ。それほど川と丘とが密着しており、昔話というよりは、ある時本当に起こったことが縦方向に伝えられる可能性の方がはるかに大きかったのではなかったろうか。

殺風景なザールフェルト駅前は、いまだに冷え冷えとした旧共産圏の雰囲気を漂わせていた。駅から十分ほどの旧市街に向かう途中に橋があって、下を流れるザーレ川（Saale）の両岸には黄色く色づいた木々の林が広がり、遠くの方にいくつか教会の尖塔が見えた。（ひょっとすると、あのどれかが「髭を伸ばした乙女」の舞台だったかもしれない。）

市の中心部に建つ美しい市庁舎前のマルクト広場では、日用雑貨や果物、野菜等を売る市場が開かれ、やっと人々の日常を垣間見る気がしたのだった。その広場を右に曲がって商店街の連なるブランケンブルガー通り（Blankenburger Str.）を歩いていくと、正面に大きな黒い玉葱坊主のような屋根をもった橙色の門があり、更に行くと再び住宅街になって、またぱったりと人影は途絶えてしまった。

その後、三つほど教会を訪ねたものの、正面扉にはどこもしっかりと錠が下ろされて残念ながら中に入ることは出来ず、仕方なく道を引き返して町の民族博物館（Stadtmuseum Saalfeld）に行くことにした。ここなら何かしら伝説集に関する資料が手に入るかもしれないという期待もあったのである。それは緩やかな石畳の坂道ブルーダーガッセ（Brudergasse）の横にあって、建物の前の部分が教会、そして回廊を抜けた奥が博物館となっていた。

平日の午後に訪れる人も珍しいのか、受付のおばさんはいたって親切であった。あるいは彼女には、観光地でもないこんな田舎町にわざわざやって来た東洋人に興味があったのかもしれない。中はどこもかしこもえも言われぬほど中世の雰囲気が漂い、一瞬のうちに数百年もタイムスリップしてしまったような感じがした。二階に石に刻まれた町の紋章が飾ってあったのだが、それは伝説集で読んだ形とは何故かまるで違うものだった。三階から眺める町の景色がとても美しく、初めてここで二、三枚の写真を撮った。

帰り際、私は受付のおばさんに紋章のことを尋ねたのだが、彼女はそれについて知らなかったし、グリムの伝説集に掲載されているいくつかの話についてもやはり何もわからないのであった。そう、伝説とはきっとこんなものなのだろう。特定の人だけが知っていて、興味のない他の人たちには何の関係もない話だ。その土地に纏わる伝説や英雄譚を知っていれば、心が豊かになって、その地方への愛着がぐっと強まるかもしれないけれど、一方、知らないからといって別段どうということがないのも事実だろう。ライプツィヒに向かう列車の中で、私はぼんやりとそんなことを考えていた。

二時間弱で到着したライプツィヒの街は、晩秋の燃えるような茜色の光に美しく照らし出されていた。

著者略歴

金成陽一（かなり・ようういち）

1948年生まれ。獨協高校、獨協大学外国語学部を経て、日本大学大学院独文科博士課程を修了。前・いわき明星大学人文学部教授。ドイツ文学専攻。著書に『メルヒェンの解釈』（創造書房・絶版）、『誰が「赤ずきん」を解放したか』『誰が「白雪姫」を誘惑したか』『誰が「眠り姫」を救ったか』『グリム童話のなかの怖い話』『グリム童話のなかの呪われた話』（以上、大和書房）、『エロティックメルヘン3000年』（講談社）など。共著に『あなたのドイツ語』（大学書林）がある。

まだあるグリムの怖い話　「グリム・ドイツ伝説集」を読む

2012年8月20日　初版印刷
2012年8月30日　初版発行

著　者　金成陽一
発行者　皆木和義
発行所　**株式会社東京堂出版**
〒101-0051　東京都千代田区神田神保町1-17
電話03-3233-3741　振替 00130-7-270
http://www.tokyodoshuppan.com/

印刷製本　図書印刷株式会社

ISBN978-4-490-20799-6 C0095

Printed in Japan